春芽工程系列

中国婴幼儿
身心成长指南

新手妈妈必读

U0132973

中国关心下一代工作委员会专家委员会　编写

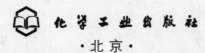
化学工业出版社
·北京·

本书为"春芽工程系列"图书中的一册，为中国婴幼儿身心成长指南：新手妈妈必读篇。

本书介绍了新手妈妈必须了解和掌握的一些基本知识和技能，如母乳喂养知识、婴儿抚触技巧、婴幼儿早期教育、大脑发育与功能发展，以及婴幼儿营养保健知识等。书中除了严谨科学的文字内容，还有丰富的表格和图片，适合新手妈妈轻松阅读和参考。

图书在版编目（CIP）数据

中国婴幼儿身心成长指南：新手妈妈必读/中国关心下一代工作委员会专家委员会编写．—北京：化学工业出版社，2011.6

（春芽工程系列）

ISBN 978-7-122-11097-8

Ⅰ．中… Ⅱ．中… Ⅲ．①妊娠期-妇幼保健-基本知识②分娩-基本知识③婴幼儿-哺育-基本知识Ⅳ．①R715.3②R714.3③R174

中国版本图书馆CIP数据核字（2011）第071134号

责任编辑：贾维娜　肖志明　　　　　　装帧设计：尹琳琳
责任校对：陶燕华

出版发行：化学工业出版社（北京市东城区青年湖南街13号　邮政编码100011）
印　　装：化学工业出版社印刷厂
710mm×1000mm　1/16　印张11　字数103千字
2011年8月北京第1版第1次印刷

购书咨询：010-64518888（传真：010-64519686）售后服务：010-64518899
网　　址：http://www.cip.com.cn
凡购买本书，如有缺损质量问题，本社销售中心负责调换。

定　价：30.00元　　　　　　　　　　　　　　版权所有　违者必究

　　每小时我国有2000名新生儿诞生。过去，一直以为新生儿是无所作为的，父母只要尽心喂养即可，而教育对这一年龄的孩子并没有什么重要意义。但这一观点已被近二十年来的科学研究成果所否定。其实，喂养、教育等各种教养方式，对于孩子来说是一段综合性历程，它承载着传授知识、培训技能、发现潜能及促进身心全面发展的重任。研究证明，在生命的最初阶段，感知觉系统正在迅速发展，并在比运动系统更发达的层次上发挥其机能。婴儿正是通过运动模式和感觉经验，在与特定的环境事件的联系中进行辨认学习，表现出他们特有的感觉运动智能，而且早期的经验对其一生的发展将产生重要影响。

　　近年来，婴幼儿早期教养的重要性越来越被国家、社会和家庭所重视。我国政府制定了2020年教育发展规划，号召全社会为造就高素质人才而努力。随着国民经济的提高，社会和家庭对婴幼儿教养的需求也与日俱增。尤其是孩子的营养、喂养得到极大提高，还有越来越多的家长认识到了早教对孩子发展的重要性，全国掀起了一股早教热潮。从1998年开始掀起的早教热潮，在这几年尤为兴盛。婴幼儿期是身心健康发展、形成良好个性、培养行为习惯的关键期，将决定日后成长的众多重要方面，也决定了中国下一代的素质。因而教育在早期即向0～3岁婴幼儿延伸具有重要的战略意义。

　　遗憾的是，我们发现两类家长大量存在。一类是不懂也不管孩子教养的家长，他们主要是来自农村的年轻父母，没有早期教养的意识。他们的父辈用传统的方法教养他们，现在时代发展了，他们却依然用最传统的方式养育自己的下一代。另一类是过分重视孩子教养的家长，他们多半是在城市生活和工作的父母，一心想让孩子赢在起跑线上，拔苗助长、过度教养造成孩子超负荷所带来的各种隐患。

　　在中国，城市与农村存在着一定的经济差别，但是人们并不希望看到在教养上也存在着这种差距。应该做到让农村与城市的孩子有着公平的机遇。要做到这点，新的任务正摆在我们面前：0～3岁婴幼儿教养实践亟需科学理论的支持，又亟需合理实证的支撑，还需要积极在城乡推广。一句话，需要适合中国国情的婴幼儿教养方法。

究竟应该如何合理教育、科学喂养0~3岁的孩子？

从生理、心理发展来看，从出生到3岁的婴幼儿正处于大脑重量的快速增长时段，大脑的构型与身体各部分功能的有机联系正在缜密增强和完善，尤其是功能方面向高层次及更深空间发展。为满足婴幼儿身心全面健康发展的需要，必须为其提供和创建必要的环境条件，科学合理喂养及适龄保健就是其中的重要基础。

胎儿自出生直至幼儿期经历从流食到固体食物喂养等阶段，这段自然发展时段有其内在的因素和规律，如唾液腺及胃肠道腺体的发育，出牙，肝、胆、胰腺功能的成熟，肠道良性微生态的建立和机体内环境的稳定等。遵循这个规律创建条件结合儿童具体情况进行合理喂养及保健就可取得事半功倍的实效。为大脑及中枢神经系统的发展及功能成熟，协调和处理好这段时期的喂养、膳食调理工作以及维护能量及营养素供求间的稳定、平衡关系，是婴幼儿才智运用、健康发展及拓展潜能的关键所在。

胎儿出生后即通过自身感觉器官感受所获得的信息，在经过脑－中枢神经相应部位接收、整理、分析、投射至相关功能区并经过网络统合后，在已经取得的生活经验基础上，对所获得的信息进行搜寻、对比，以找出过去环境中是否有同样的人或物体（或类似主体）的信息（刺激）记录，做出或不做出是否熟悉这一信息的相应反应。这种反应和应答也是在形体发育及运动发展过程中所获得经验的基础上作出的。所有这一切都与这一时期大脑的快速增长和功能进一步成熟有密切关系，这种与环境交往、互动并借此增进认知、累积经验的过程被广义地理解为教育过程，根据婴幼儿生理特点而设计并开展的教育也就是早期教育。接受教育是新生儿与生俱来的本能，科学合理的早期教育则是充实智慧、开启儿童潜能的重要途径。这也是中国关心下一代工作委员会专家委员会编写"春芽工程系列"丛书的期望。

我们希望通过本丛书，为社会公众建立一套可依循的跨学科的、全面的、客观的婴幼儿教养理论，建立一套易于操作实践的科学方法。在全社会的关心下，让婴幼儿健康快乐地成长，成为身心全面发展有益于社会、为国家创立功勋的人才。

本丛书具备如下特点。

1.让父母在实践中体会教养理论及其运用。关于0~3岁婴幼儿早期教养理论与实践的研究国家早已列入日程，它迫切需要解决的问题是将科学成果通过教育和实践转化为城乡居民自己的行为。为此，我们在书中提供了较多的实践操作指导，如婴儿的抚触、婴幼儿早期发展的自我评价等。

2.严谨科学的态度让家长有据可依。我们在本丛书中引用了大量的数据和图表，严谨的数据及图表便于家长很好地操作和比对应用。这些数据都是我们在多种标准的数据中精心选择的，为了这些数据，专家委员会经过严谨的专题会议研讨。

3.跨学科的科学教养指导手册。中国关心下一代工作委员会专家委员会和儿童发展研究中心组织了来自保健、医疗、心理、营养、法律等各行各业的从事并关注下一代健康发展的优秀资深专家，专家们就各自的专业所长，以月龄为基础就婴幼儿整体发展态势，在形体增长、智能发展、营养保健等多方面讲述该月龄的特点及应注意事项，使读者获得该婴幼儿作为一个完整个体的全面综合的知识信息。

本书在编写过程中得到中国关心下一代工作委员会组织指导。参加本书编写工作的除编委会的各位专家外，还有：车廷菲、张静、牟龙、楼晓悦、强燕平、李微、何丹、丰怡欣、刘玲玲、赵献荣等老师，借此机会，谨致以诚挚谢意。

中国关心下一代工作委员会专家委员会

2011年夏

第三章　婴幼儿早期教育　　67

第一章

母乳喂养——早期喂养模式关系儿童直至成人的终身健康

母乳喂养促进婴儿免疫系统的发展和功能完善

胎儿在母体子宫内无菌环境中成长，出生后立即暴露在复杂的环境中，接触各种物理、化学以及生物因素，其中病原微生物是常见的危险因子。肠道作为人体面积最大的免疫组织，在维护婴幼儿健康方面有其独特的作用及功能，但其效应性功能却需要经过一段被动免疫向自动免疫的发展过程。

新生儿出生几小时后肠道即出现相当数量的细菌。由于母乳乳糖含量高、有利于微生物增殖，母乳喂养儿在出生后1周左右以双歧杆菌、乳酸杆菌为主要菌株的益生菌群即可发展成为肠道优势菌群，并为建立稳定良好的肠道微生态环境创造必要基础。0～6个月是婴儿肠道从无菌过渡到多元性微生物共存并与宿主建立共营微生态平衡、发展自身免疫功能的时期，也是促进整体免疫系统成熟的动态过程和维系健康生存的基础。它与婴儿合理的母乳喂养有着非常重要的互动关系，这是人工喂养婴儿所难以模拟的。

新生儿在出生后的前半年还保留有从母体获得的免疫抗体，同时

3

通过母乳喂养继续获得免疫抗体和其他抗病原体活性物质，它既可保护婴儿免于常见病原体的侵袭致病，在借助肠道益生菌群发展增殖的同时，也为婴儿提供了其自身健全和发展免疫系统功能的时间和空间。这一点完全可以从以下事实得到印证，即：婴儿在前半年很少患病，而在出生半年后由于自身免疫功能尚待成熟，而从母体获得的免疫抗体大部分消耗而失去保护作用，同时所进食的母乳量也在减少，因而此阶段的婴儿容易罹患消化道、呼吸道及其他系统的感染性疾病。

不同的早期喂养方式对体重增长的不同影响

不同喂养方式下体重的差别

　　胎儿出生后用母乳喂养及以不确定方式喂养的婴儿，其形体的成长有所不同。如以2005年中国九市7岁以下不确定方式喂养儿童体格发育的调查值与2006年世界卫生组织（WHO）5岁以下母乳喂养儿童体格发育参考值中的体重指标做比较，在出生体重相近的基础上，出生当月不确定方式喂养婴儿的体重较母乳喂养儿多增重0.64千克。在随后每半年测值的比较中，各月(年)龄增重的差值范围为0.71 ～ 1.04千克。不难看出，18月后这种差值有所增加。各月龄测值可参见表1-1。

表1-1 不同喂养方式婴儿体重差别

	初生	1个月	6个月	12个月	18个月	2岁	2.5岁	3岁
不确定(A)[1]/千克	3.33	5.11	8.75	10.49	11.65	13.19	14.28	15.31
母乳(B)[2]/千克	3.34	4.47	7.93	9.65	10.94	12.15	13.30	14.34
A～B差值/千克	-0.01	0.64	0.82	0.84	0.71	1.04	0.98	0.97

[1] 2005年中国九市7岁以下儿童体格发育调查值。

[2] 2006年WHO 5岁以下儿童体格发育参考值。

婴幼儿体重月增值和月生长速度

由表1-1可见，不确定方式喂养的婴儿体重增值大于母乳喂养儿。那么以上不同喂养方式所出现的体重差别，是不确定方式喂养者体重的增长比母乳喂养者就是长得多，还是基于长得快？能不能藉此说明不确定方式喂养的效果比母乳喂养更好？

为探索出现差别的相关原因，将两组婴儿的体重月平均增值及月平均增长速度进行比较，结果显示，在出生体重相近的基础上，出生当月不确定方式喂养儿体重比母乳喂养儿多增长0.64千克，生长速度快19.7个百分点。但在随后每半年检测的时段中，体重月平均增值两种喂养方式组间差别很小，为3～19克；而母乳喂养儿的生长速度较不确定方式喂养儿稍快一点，月龄愈小，相对愈快；两组间无论是体重月增值还是生长速度的差别都无统计学意义。这些表明由于喂养方式不同而出现的体重增值及生长速度的差别主要见于出生当月，而随后的增重及增速在两组间并无明显差异，提示出生当月的变化只是此后各月（年）龄段变化的前提和基础，而月增值及月生长速度有着儿童生长发育自身的规律，并不因喂养方式的不同而有较大的变化。以上有关数值可参见表1-2。

表1-2　不同喂养方式婴幼儿体重月增值及月增速（％）均值

		初生	0～1个月	1～6个月	7～12个月	1～2岁	2～3岁
体重月增值/千克	不确定(A)[①]	3.33	1.77	0.657	0.290	0.225	0.177
	母乳(B)[②]	3.34	1.13	0.638	0.287	0.208	0.183
	A-B差值	−0.01	0.64	0.019	0.003	0.017	−0.006
体重月增速/%	不确定(A)[①]	—	53.5	10.19	1.55	0.655	0.215
	母乳(B)[②]	—	33.8	11.06	1.74	0.659	0.240
	A-B差值		19.7	−0.87	−0.19	−0.004	−0.025

① 2005年中国九市7岁以下儿童体格发育调查值。
② 2006年WHO 5岁以下儿童体格发育参考值。

从表1-2可知，两组婴儿初生体重几无差别，但不确定喂养方式婴儿在面临牛乳喂养条件下，必须改变自胎儿期已形成的代谢模式，而转换为适应牛乳喂养的高能量、高蛋白代谢模式，其结果是，在出生当月的生长速度即较母乳喂养儿快19.7个百分点，其体重增值较母乳喂养儿高0.64千克。

对婴儿能量需求的再认识

　　1985年WHO经过实验研究对婴儿能量的需求提出了建议，历经近二十年的实践，WHO在用新的实验技术方法检测后，于2004年重新提出婴儿能量需求的新建议值。从表1-3可见，母乳喂养婴儿能量需求的新建议值较1985年建议值平均低19.58%，不确定喂养方式的婴儿则平均低16.66%。

表1-3　婴儿能量需求量的比较

月　龄	WHO 2004年建议量 /［千卡/（千克·天）］		WHO 1985年 /［千卡/（千克·天）］	新建议量较1985年减幅/%	
	不确定喂养	母乳喂养	建议量	不确定喂养	母乳喂养
0 ~	110	103	124	11	17
1 ~	103	97	116	11	16
2 ~	94	91	109	13	17
3 ~	83	79	103	20	23
4 ~	83	79	99	17	20
5 ~	81	79	97	16	18
6 ~	79	77	95	17	19

月　龄	WHO 2004年建议量 /［千卡/（千克·天）]		WHO 1985年 /［千卡/（千克·天）]	新建议量较1985年 减幅/%	
	不确定喂养	母乳喂养	建议量	不确定喂养	母乳喂养
7 ~	79	77	94	16	19
8 ~	79	77	95	17	19
9 ~	80	78	99	19	21
10 ~	80	78	100	20	22
11 ~ 12	80	79	104	23	24

由于不确定喂养方式无论是用鲜牛奶或配方奶粉喂养，家长常常采用说明书上可用的最大用量，而且乐于见到婴儿长得胖乎乎的样子，但实际上正如WHO所指出的，婴儿并不需要这么大的喂养量。而且以配方奶粉喂养为例，其蛋白质摄入量也大大高于母乳喂养。正是由于这种过度喂养，使得婴儿形体的增长非常态地超过母乳喂养儿。随着儿童的成长，早期不确定喂养方式所致的营养代谢变化对儿童健康的不良影响逐渐凸显，儿童肥胖症逐年增多，成为社会公共卫生的一大问题就是明证。

以儿童单纯肥胖症为例，首都儿科研究所2008年发表的研究结果表明，不同喂养方式的肥胖检出率以人工喂养儿最高，而且母乳喂养时间越短、肥胖检出率越高（见表1-4、表1-5）。这表明肥胖并不

第一章　母乳喂养

9

是偶然现象，它反映出早期喂养方式对儿童成长及呵护儿童健康的重要作用,对成年后健康有着深远的社会意义。

表1-4 6个月龄以内喂养方式与5岁肥胖检出率

喂养方式	总例数	肥胖例数	肥胖率/%
人工喂养	231	31	13.42
混合喂养	219	16	7.31
母乳喂养	468	23	4.91

注：$\chi^2 = 13.04$ $P = 0.0015$（差异非常显著）

表1-5 母乳喂养持续时间与5岁肥胖检出率

持续月数	总例数	肥胖例数	肥胖率/%
0	231	31	13.42
1	687	83	12.08
1 ~ 3	423	31	7.33
4 ~ 6	468	24	5.13
7 ~ 11	123	3	2.44
≥ 12	49	1	2.04

注：$\chi^2 = 17.3$ $P = 0.0039$（差异非常显著）

母乳喂养对生命后期健康的深远影响

人类在进化过程中，对生活环境所限定食物的高度依存和顺应所形成的机体代谢模式，是获得自身生存和繁衍后代最本质的潜能。早期喂养所形成的机体代谢模式引导着儿童自身生长发育的程序性规律，并被机体内环境恒定机制所强化，起着长期制约健康的作用并持续终生。

我国居民长期以谷物类为主食，以蔬菜、瓜、薯为副食，较少动物源性食物，低脂为其基调。这种膳食结构在中华民族世代繁衍过程中、在家庭传承食物链中形成了对既定环境中可获得食物的适应性和依存性，并进一步形成了人体在消化、吸收及整体新陈代谢方面的、有既定方向功能的潜在体质，以此构建的基因功能环境，在人与环境统一基础上形成具有中国居民特色的低能量、低蛋白、低脂质的膳食代谢模式。

胎儿在子宫内成长过程中，其营养代谢及生物利用程式完全依从和顺应母体的代谢模式，并在其引导下形成自身代谢模式的模具基型。出生后，母乳的组成成分也就是胎儿在子宫内经历的母体组织成分，因而婴儿在子宫内所形成的代谢模式在出生后得以因母乳喂养及机体内环境恒定机制而强化。它通过摄食的自我反馈调节，形成自我控制食量的摄食行为，婴儿藉此延续子宫内代谢模式并顺利成长。这种代谢模式为防止日后发生肥胖相关性慢性代谢失衡综合征奠定了重要生理基础，而且受益终生。

但在人工喂养情况下，以牛乳为基质的配方奶粉喂养为例，每百克牛乳含蛋白质3克、其中酪蛋白占80%，而人乳则分别是1.3克和29%。这表明以配方奶粉喂养的婴儿在消化、吸收及代谢方面的负荷分别是人乳喂养时蛋白质（氮质）负荷的230%和酪蛋白负荷的637%，构成高氮负荷性代谢的生理基础，这是牛乳喂养与母乳喂养最本质的差别。而在能量负荷方面，如表1-3所示，配方奶粉喂养除本身所需能量较母乳喂养儿平均高约2.92%以外，自生后1个月开始因体重较母乳喂养儿大而需多摄取能量，从而形成高能量代谢模式。出生后这种营养环境的断然变化迫使婴儿机体调整、改变原已存在的低能量低蛋白代谢模式，在进行转型后适应新的高能量及高蛋白的营养环境，从而形成新的代谢模式。而由进化遗传获得的儿童自身生长发育规律在中枢神经及内分泌系统的整合下，从1个月龄开始就依然发挥着自身的作用，表现为虽然喂养方式不同而婴儿月平均增重及增长速度并无显著的差异（参见表1-2）。但是，由于不确定方式喂养、高能量、高蛋白代谢模式所引发的较常见的慢性营养代谢失衡综合征则逐渐显现，儿童较早出现肥胖症就是常见的例证之一。不仅如此，这种代谢模式使这些婴儿在成年后发生心血管疾病、高血压病、肾病、糖尿病、骨关节炎、骨质疏松症乃至淋巴瘤的概率较母乳喂养儿要高得多。

经过长期深入的研究，当前世界有关母乳喂养的共识是：母乳喂养不仅可以保证婴儿早期获得合理全面的营养，得以免疫防病以及获得其他代谢性功能成分以支持其正常健康的生长发育，而且随后发生成人慢性代谢失衡性疾病的风险也低得多，这就是最重要的结论。在婴幼儿成长历程中，任何偏离这条基线的尝试都是要付出健康代价的。

第一章　母乳喂养

第二章

婴儿抚触——感觉统合、运动统合向心脑统合的全面整合，由被动活动向自主运动发展的最佳促进方式

概述

 抚触的效能

（1）抚触促进大脑和中枢神经系统发展

新生儿脑重370克，1岁时脑重达950克，增长将近2倍，大脑的发育直接关系到婴儿智力的发展。宝宝接受抚触时，其皮肤接受到不同力度的刺激，传至大脑，进而形成兴奋灶，并在多次的刺激后形成固定兴奋灶。兴奋灶由神经元构成，再加上它的轴突、树突以及无数条通往其他部分的神经纤维，这些就构成了脑中枢神经发挥并完成其生理功能的解剖学基础，藉以完成思维、想象和创造等各项心理活动。

（2）机体内外环境得到协调

抚触可以广泛接触到宝宝身体的各部位，从而解决了婴儿"皮肤饥饿"问题，促进婴儿的肌肉协调，使其全身舒适，心情愉快，易安静入睡。

（3）增进亲情

做抚触时，由于时刻关注宝宝的心理感受，目光相对，加上甜美的微笑、细声的呵护，再配以优美而又有节奏的音乐，给婴儿一种愉悦和满足感，亲子关系从而得到加强。

（4）有助于大脑双侧平衡发展

人的左右脑有分工，左脑分管语言、数学、物理等理性的东西，右脑分管艺术，包括舞蹈、音乐、绘画等。在我国，右脑教育的重要性已经得到普遍重视，所以凡在做能分清右侧和左侧的抚触动作时，可左侧比右侧多做一些，持续抚触可以帮助右脑的发展。

（5）视、听、感觉的协同实践

边抚触边说出抚触部位的名字，久而久之就会增加婴儿对该部位的认知和记忆。如抚触左手时，就说"你的左手呢"。

（6）保健经络穴位

按照中医学理论，可以选择脊椎两侧的穴位，合谷穴和足三里穴这些主要的保健穴位进行抚触，其效能将在下文中具体说明。

 抚触前的准备

① 快乐的心情和由衷的笑容。

② 取下戒指、手镯等有可能损伤宝宝肌肤的饰物。

③ 剪短指甲、修平甲缘。

④ 为宝宝选择无刺激的润肤油或橄榄油，在抚触前为宝宝涂抹抚触部位皮肤。

⑤ 抚触者用温水洗手，并涂上润肤油或橄榄油。

⑥ 测试房间温度，以23 ~ 25℃最为适宜。

⑦ 选择中速、轻柔而又有节奏感的音乐做背景，会收到更好的效果。

⑧ 为宝宝宽衣，也可在抚触到哪个部位时再为该部位宽衣。

 最佳抚触时间

① 沐浴后，在充分保暖条件下操作。

② 宝宝吃过奶30分钟后（注意：腹部的抚触在此时力度不宜过重）。

③ 用心寻找适合您与孩子完成抚触的其他最佳时间。

 不宜进行抚触的情况

① 啼哭时应寻找原因，不应抚触，如抚触中间啼哭或有不高兴情绪时也应停止做这一节抚触，而改做下一节抚触，再啼哭则停止抚触。待抱一会、睡上一觉、情绪好时再做抚触。

② 抚触是一种情绪可以互相感应的亲子活动，如抚触过程中宝宝睡着了，虽然说明抚触很舒服，但应该停止，让婴儿去睡，不宜继续做抚触。

③ 皮肤有破溃时不应抚触，以免增加疼痛，但可以抚触其他不痛部位。

④ 孩子发热（黄疸或腹泻），身体不适，预防注射完成后48小时内，不要为宝宝做抚触按摩。

抚触实践

面部按摩

◆ 效能

舒缓面部肌肉，明目，清醒头部等。

（1）眉部按摩

见图2-1。

● **手的位置**：两手拇指水平置于宝宝的两眉头，其他四指放在头的后部。

● **手的运动**：两手拇指自眉头上部向双颞侧水平推压至太阳穴处停止。或可继续推压至耳后或向下滑动至颈部结束整个动作。

● **抚触次数**：重复3次。

● **用力指数**：中等。

● **速度指数**：慢慢地。

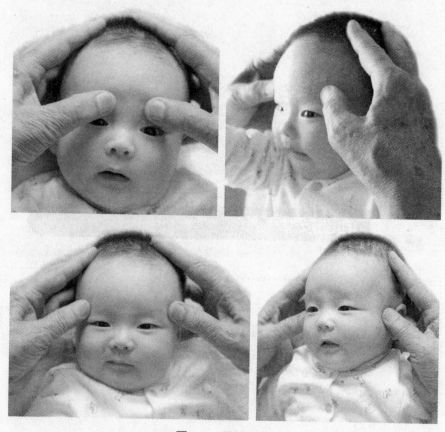

图2-1　眉部按摩

● **关注指数**：高度。与宝宝面对面，可保持20～30厘米的距离，与宝宝对视，发自内心地微笑，并适时与宝宝交流。

● **儿歌说唱**：

宝宝的眉毛弯弯，

宝宝的眼儿亮亮，

宝宝是妈妈、爸爸的亲亲……

（2）鼻两侧抚触

见图2-2。

● **手的位置**：两手拇指置于宝宝眼眶下，鼻的两侧，其他四指放在头的后面。

● **手的运动**：两手拇指沿着鼻梁两侧向下推压至鼻翼两侧，拇指逐渐转为水平，绕过颧骨下方继续推压至宝宝耳前停止。

● **抚触次数**：重复3次。

● **用力指数**：中等。

● **速度指数**：慢慢地。

● **关注指数**：高度。与宝宝面对面，可保持20～30厘米的距离，与宝宝对视，发自内心地微笑，并适时与宝宝交流。

● **儿歌说唱**：

宝宝的鼻梁高高，

宝宝的眼儿亮亮，

宝宝是妈妈、爸爸的亲亲……

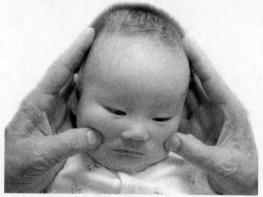

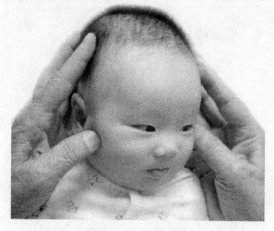

图2-2 鼻两侧抚触

胸部按摩

◆ 效能

舒展胸大肌，促进血液循环及胸式呼吸，增强胸部运动等。

（1）舒展胸大肌

见图2-3。

● **手的位置**：两手展平，置于宝宝的胸部中央。

● **手的运动**：指尖自胸骨下段开始，全手掌面紧贴前胸向上推动，五指碰到锁骨后，逐渐向两侧推向肩部。

● **抚触次数**：重复4次。

● **用力指数**：力量稍大。

● **速度指数**：慢慢地。

● **关注指数**：高度。与宝宝面对面，可保持20～30厘米的距离，与宝宝对视，发自内心地微笑，并适时与宝宝交流。

● **儿歌说唱**：

一二三，

宝宝长，

三二一，

宝宝壮。

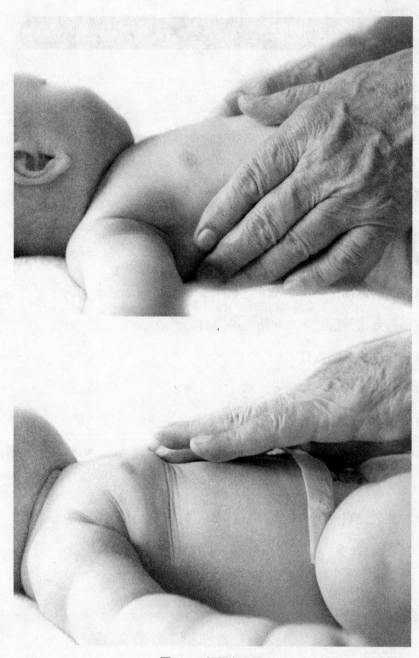

图2-3　舒展胸大肌

（2）扩胸运动

见图2-4。

● **手的位置**：两手握住宝宝的双手。

● **手的运动**：让宝宝的双手向两侧水平伸展，然后向身体的中心部位交叉抱臂。右臂在上，再向两侧水平伸展，然后向身体的中心部位交叉抱臂，左臂在上。

● **特别提示**：婴儿本来是腹式呼吸，在帮助宝宝做扩展运动时稍加用力，可以促进宝宝的胸式呼吸。

● **抚触次数**：重复4次。

● **用力指数**：力量稍大。

● **速度指数**：慢慢地。

● **关注指数**：高度。与宝宝面对面，可保持20～30厘米的距离，与宝宝对视，发自内心地微笑，并适时与宝宝交流。

● **儿歌说唱**：

一二三，

宝宝长；

三二一，

宝宝壮。

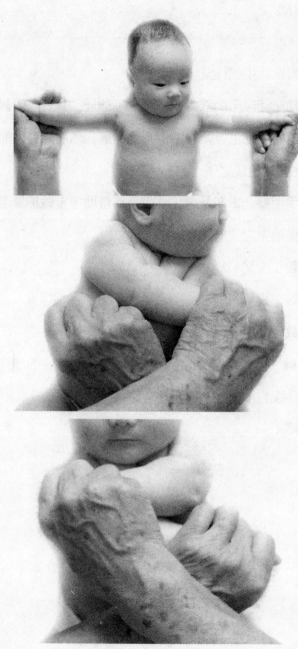

图2-4 扩胸运动

腹部按摩

◆ 效能

促进肠蠕动，使大便通畅，增强肠胃动力。

见图2-5。

● **手的位置及运动**：右手指尖向左侧放在下腹部，全手掌接触到宝宝的皮肤后，沿顺时针方向开始推向宝宝的右上腹，再转到左上腹，到左下腹时终止。随着右手，左手并排跟进，沿同一轨迹至左下腹处终止。

● **抚触次数**：重复3～4次。

● **用力指数**：力量稍大。

● **速度指数**：慢慢地。

● **关注指数**：高度。与宝宝面对面，可保持20～30厘米的距离，与宝宝的眼睛对视，发自内心地微笑，并适时与宝宝交流。

● **特别提示**：不要在宝宝刚吃过奶后按摩，以免呕吐。腹部面积大，要注意两手的温度，只有温暖的手放在宝宝的肚子上才会有舒适的享受。腹部的抚触主要是结肠抚触，但由于整个腹部都会被抚触到，所以用力要稍大。手部一定要润滑。

第二章 婴儿抚触

● 儿歌说唱：

圆圆的肚在这里，

胖胖的肚在这里，

宝宝的肚在这里，

妈妈的手啊，

按着小肚子转圈圈。

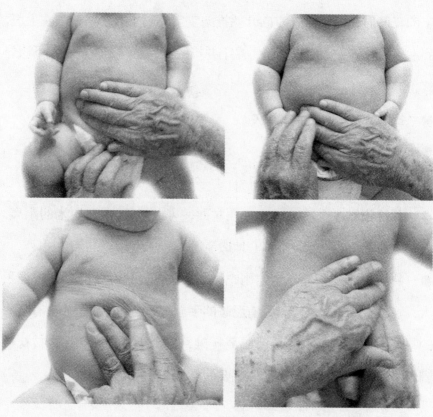

图2-5　腹部按摩

上肢按摩

（1）按摩手心

◆ 效能

　　手心对应有全身的穴位，抚触两手，可以刺激全身各穴位；同时抚触手掌的过程也是清洁手掌的过程。

● **步骤**：见图2-6。宝宝的手心朝上，抚触者将右手拇指放在宝宝横掌纹前部，并以此为圆心，使食指沿宝宝手掌边部顺时针做环状搓动。

● **抚触次数**：以一圈为一呼，右手2个八呼，左手3个八呼。用力指数：中等。

● **速度指数**：中速。

● **关注指数**：高度。边做抚触边与宝宝对视，发自内心地微笑，并适时与宝宝交流。

● **儿歌说唱**：

右手画个圈圈，右手画个圈圈，

右手圈圈几个？右手十六圈圈。

左手画个圈圈，左手画个圈圈，

左手圈圈几个？左手二十圈圈。

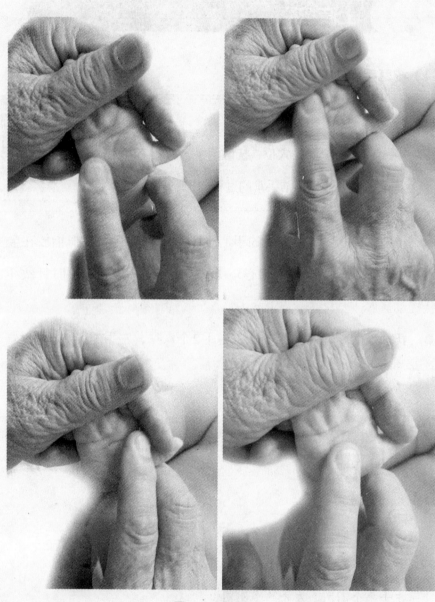

图2-6　按摩手心

（2）按摩手背

● **步骤**：见图2-7。宝宝的手心朝下，抚触者将食指、中指置于宝宝手掌下，与无名指、小指配合轻轻用力夹住宝宝手指，两拇指一前一后在手背部搓动。

● **抚触次数**：以搓动一下为一呼，右手2个八呼，左手3个八呼。

● **用力指数**：中度。

● **速度指数**：中速。

● **关注指数**：高度。边做抚触边与宝宝对视，并适时与宝宝交流。

● **儿歌说唱**：

一二一，

搓手背；

一二一，

手背搓。

第二章　婴儿抚触

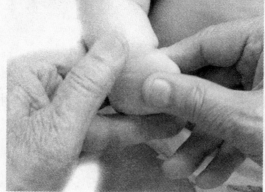

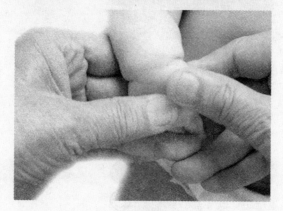

图2-7　按摩手背

（3）按摩手指

● **步骤**：见图2-8。用拇指、食指、中指三指轻轻拿起宝宝的一根手指，由指根处向指尖捻动，顺序从大拇指依次至小拇指。

● **抚触次数**：以捻动一圈为一呼，每根手指做2次，左手可以做5次。或者以下面儿歌为一个完全的手指抚触过程。

● **用力指数**：用力。

● **速度指数**：中速。

● **关注指数**：高度。边做抚触边与宝宝对视，发自内心地微笑，并适时与宝宝交流。

● **儿歌说唱**：

大牛不吃草（大拇指），

二牛不吃料（食指），

三牛不拉车（中指），

四牛不上套（无名指），

剩下五牛要不要（小拇指）？

35

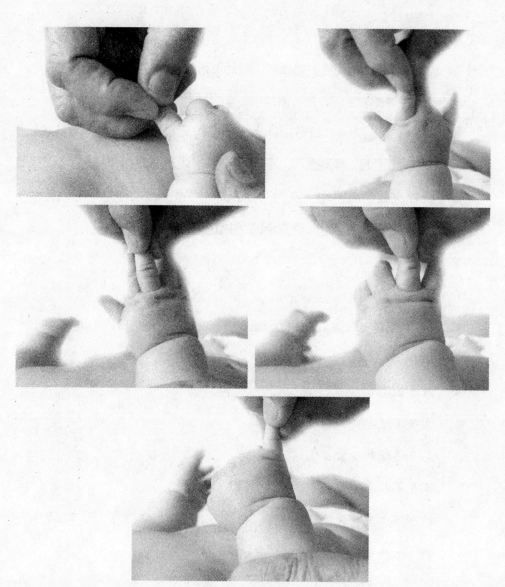

图2-8　按摩手指

（4）按摩合谷穴

◆ 效能

中医说"合谷头面收"。头面的功能都与合谷穴有关，头面部的不适如头痛、头晕、感冒等也多与合谷穴有关，合谷穴的抚触可以清醒头脑，对心脏的健康也有帮助。

● **步骤**：合谷穴位于手背第1、2掌骨间，第2掌骨中点拇侧的肌突处。抚触者用拇指尖顺时针方向揉动。

● **抚触次数**：右手20～30圈，左手30～40圈。

● **用力指数**：中度。

● **速度指数**：中速。

● **关注指数**：高度。边做抚触边与宝宝对视，发自内心地微笑，并适时与宝宝交流。

● **儿歌说唱**：

揉揉左（右）手，

揉揉左（右）手，

左（右）手左（右）手，

宝宝的巧手。

第二章 婴儿抚触

（5）搓动手臂

◆　效能

活动手臂肌肉，疏通血脉。

● **步骤**：见图2-9。抚触者右手拇指在下，其他四指在上，松松地环握宝宝的手臂，左手握住宝宝手指，在以腕关节为轴心，手背拱起后做前后转动的同时，自腕关节移动至肩关节，再移回至腕关节为一个完整的过程。

● **抚触次数**：重复2次。

● **用力指数**：手要全面与宝宝的皮肤接触，但不要伤到宝宝的皮肤。

● **速度指数**：中速。

● **关注指数**：高度。边做抚触边与宝宝对视，发自内心地微笑，并适时与宝宝交流。

● **儿歌说唱**：

右（左）手臂，

右（左）手臂，

向上搓，

向下搓，

宝宝的手臂多有力。

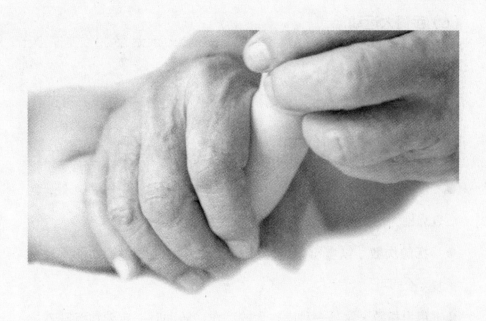

图2-9 搓动手臂

39

（6）手臂大运动

◆ 效能

以肩关节为轴做圆周运动，实际上肩、肘、腕三个关节都得到了运动。

● **步骤**：见图2-10。将宝宝手臂由身体的侧部起至身体90°处，然后以肩部为轴向外做循环转动1周后回到原位。

● **抚触次数**：以宝宝手臂转动1周为1个完整的过程，两手臂各重复4次即可。

● **用力指数**：这是一种比较大的动作，转动时一定要注意随着宝宝的身体而用力，不要引起宝宝疼痛或损伤。

● **速度指数**：中速。

● **关注指数**：高度。边做抚触边与宝宝对视，发自内心地微笑，并适时与宝宝交流。

● **儿歌说唱**：

右（左）臂，

右（左）臂，

转个圈，回原地。

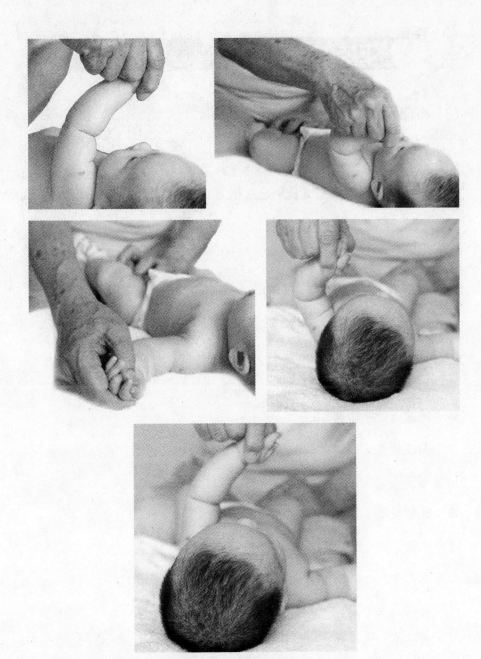

图2-10　手臂大运动

下肢按摩

（1）按摩足底

◆ 效能

足底有全身的穴位，抚触足底相当于足底按摩，可促进全身各器官功能的健全。

● **步骤**：见图2-11。宝宝仰卧，抚触者将右手拇指放在宝宝足跟处，并以此为圆心，使食指沿宝宝足底内（外）做顺时针弧形搓动。

● **抚触次数**：以一圈为一呼，右足心2个八呼，左足心3个八呼。

● **用力指数**：中度。

● **速度指数**：中速。

● **关注指数**：高度。边做抚触边与宝宝对视，发自内心地微笑，并适时与宝宝交流。

● **儿歌说唱**：

右脚，画个圈，

画几个？十六圈。

左脚，画个圈，

画几个？二十圈。

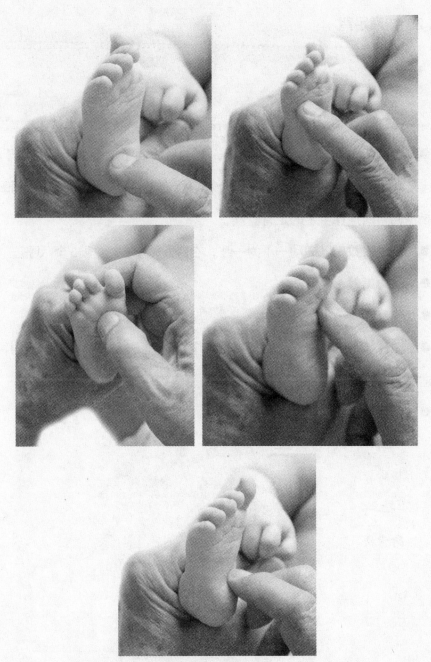

图2-11 按摩足底

（2）按摩足背

◆ **效能**

活动肌肉，疏通血脉。

● **步骤**：见图2-12。宝宝仰卧，抚触者将两手的食指、中指置于宝宝脚下，与无名指、小拇指配合轻轻用力夹住宝宝的小脚，用大拇指横向来回搓揉宝宝的足背。

● **抚触次数**：以搓动一下为一呼，右脚2个八呼，左脚3个八呼。

● **用力指数**：轻度。

● **速度指数**：中速。

● **关注指数**：高度。边做抚触边与宝宝对视，发自内心地微笑，并适时与宝宝交流。

● **儿歌说唱**：

一二一，

搓脚背；

一二一，

脚背搓。

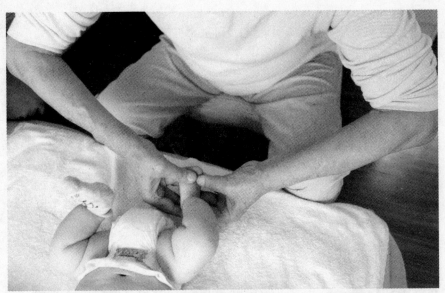

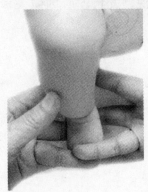 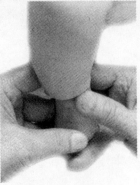 

图2-12　按摩足背

（3）按摩足趾

◆　效能

　　增进脚趾肌肉协调运动能力及趾关节伸屈灵活性。

● **步骤**：见图2-13。抚触者用拇指、食指及中指轻轻拿起宝宝的一根足趾，由趾根处向趾尖捻动，顺序从蹈趾到小趾。

● **抚触次数**：以转动一圈为一呼，每根足趾做三呼，左足趾可以分别做五呼。或者以下面儿歌为一个完全的足趾抚触过程。

● **用力指数**：轻度。

● **速度指数**：中速。

● **关注指数**：高度。边做抚触边与宝宝对视，发自内心地微笑，并适时与宝宝交流。

● **儿歌说唱**：

　　大牛不吃草（蹈趾），

　　二牛不吃料（第二足趾），

　　三牛不拉车（第三足趾），

　　四牛不上套（第四足趾），

　　剩下五牛要不要（小足趾）？

46

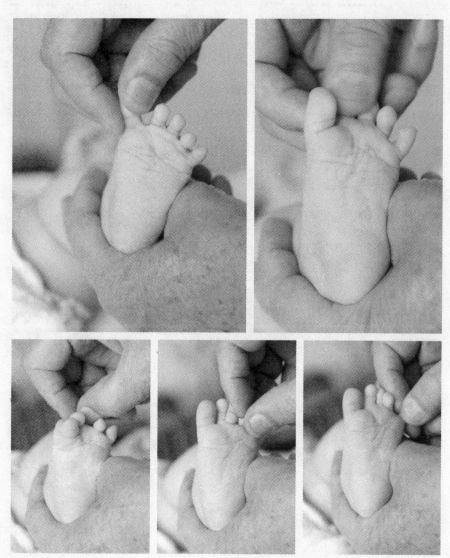

图2-13 按摩足趾

（4）按摩足三里

◆　效能

足三里是胃肠道的保健穴，但凡出现腹痛，腹泻，恶心，呕吐，便秘等症，按足三里都有一定效果。

● **步骤**：见图2-14。足三里在膑骨下二指宽处胫骨外侧。抚触者将右手拇指竖立在穴位上，做顺时针揉动。

● **抚触次数**：右腿揉动20～30次，左腿揉动30～40次。

● **用力指数**：中度。

● **速度指数**：中速。

● **关注指数**：高度。边做抚触边与宝宝对视，发自内心地微笑，并适时与宝宝交流。

● **儿歌说唱**：

转转圈，

足三里，

治腹痛，

治腹泻。

吃得香，

睡得好，

宝宝妈妈笑嘻嘻。

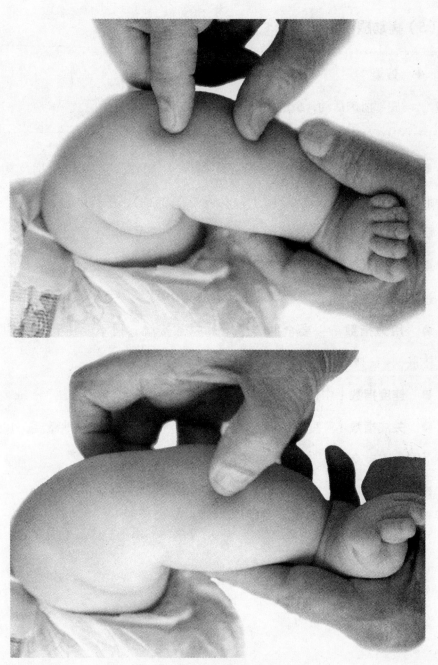

图2-14　按摩足三里

（5）搓动腿部

◆ 效能

腿部肌肉活动，疏通血脉。

● **步骤**：见图2-15。抚触者左手握住宝宝的脚，右手以拇指及其他四指轻轻环握在宝宝小腿上，以腕关节为轴心，手背拱起后在向外后侧转动的同时，自其踝关节至髋关节移动，再移回至踝关节处。

● **抚触次数**：自踝关节至髋关节，再移回至踝关节处为1个完整的过程，重复2次。

● **用力指数**：手要全面与宝宝的腿部接触，但不要伤到宝宝的皮肤。

● **速度指数**：中速。

● **关注指数**：高度。边做抚触边与宝宝对视，发自内心地微笑，并适时与宝宝交流。

● **儿歌说唱**：

小右（左）腿，

小右（左）腿，

向上搓，向下搓，

宝宝的小腿多有力。

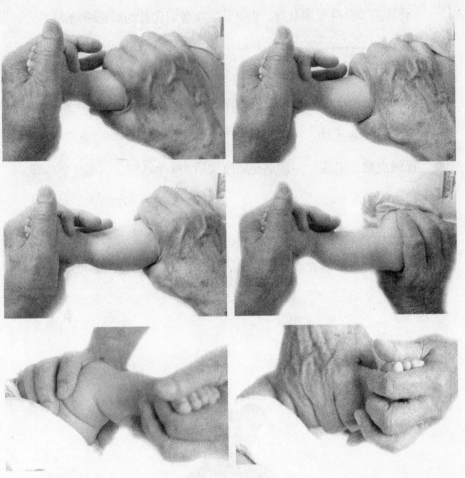

图2-15　搓动腿部

（6）弯曲膝部

◆　效能

让膝关节变得更加有力，也是让宝宝练习爬行的准备活动。

● **步骤：**见图2-16。宝宝仰卧，抚触者执宝宝双腿，先抬起宝宝的右腿向腹部推动，使宝宝大腿紧贴于腹部后收回右腿，再抬起宝宝的左腿做同样的运动。

● **抚触次数：**右腿、左腿各运动2次后为1个八呼，共做2个八呼。

● **用力指数：**中度。

● **速度指数：**中速。

● **关注指数：**高度。边做抚触边与宝宝对视，发自内心地微笑，并适时与宝宝交流。

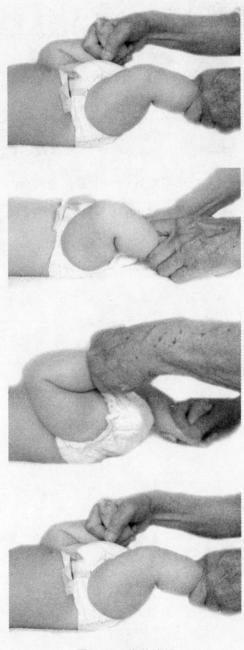

图2-16 弯曲膝部

（7）双腿上举运动

◆ 效能

松筋练骨，增强腿部运动。

● **步骤**：见图2-17。宝宝仰卧，抚触者将双手如图放在宝宝的膝前部，拇指按在宝宝的腓肠肌处，向上举起双腿90°，然后再复原。

● **抚触次数**：以举起并复原为1个完整过程，重复4次即可。

● **用力指数**：这是一种比较大的动作，注意不要引起宝宝的疼痛或损伤。

● **速度指数**：中速。

● **关注指数**：高度。边做抚触边与宝宝对视，发自内心地微笑，并适时与宝宝交流。

● **儿歌说唱**：

小腿直，

大腿弯，

动作做得好，

弯腰不费难。

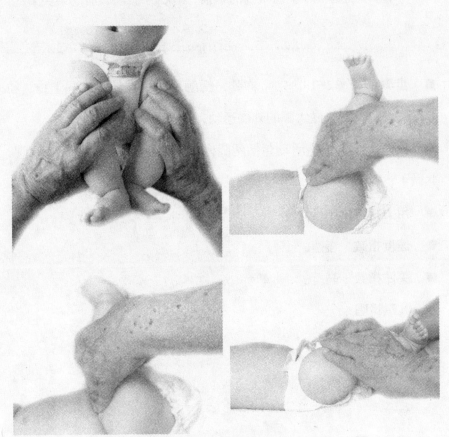

图2-17 双腿上举运动

（8）双腿的外展运动

◆　效能

　　两腿外展是平时不易做到的事情，有松开肌肉、活动髋关节的

效果。

● **步骤**：见图2-18。宝宝仰卧，抚触者两手握其膝部向上推，待

膝部弯曲后，慢慢做大腿的外展运动，直至两膝接触床面。

● **抚触次数**：上述活动包括两腿内收，并回到原位，为1个八呼，

共做4个八呼。

● **用力指数**：中度。

● **速度指数**：慢速。

● **关注指数**：高度。

● **儿歌说唱**：

一二三四，

二二三四，

三二三四，

四二三四。

（重复一次即可）。

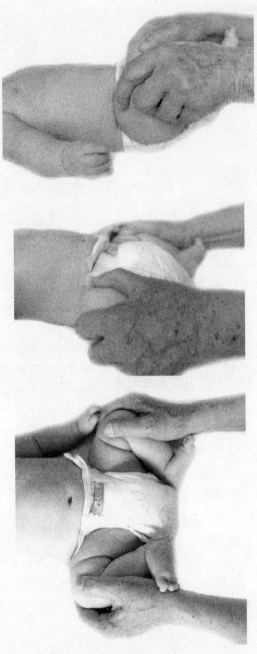

图2-18 双腿的外展运动

（9）腿部大运动

◆ 效能

以髋关节为轴做圆周运动，可以使其与膝关节、踝关节三个关节都活动。

● **步骤**：见图2-19。宝宝仰卧，抚触者握住宝宝的脚，提起小腿至身体90°处，然后以髋关节为轴，向外做循环转动1周后回到原位。

● **抚触次数**：以宝宝小腿向外转动1周为1个完整过程，重复4次即可。

● **用力指数**：这是一种比较大的动作，转动时一定要注意跟随宝宝自己的身体用力，不要引起宝宝的疼痛。

● **速度指数**：中速。

● **关注指数**：高度。边做抚触边与宝宝对视，发自内心地微笑，并适时与宝宝交流。

● **儿歌说唱**：

小右（左）腿，

小右（左）腿，

转大圈，腿回来了。

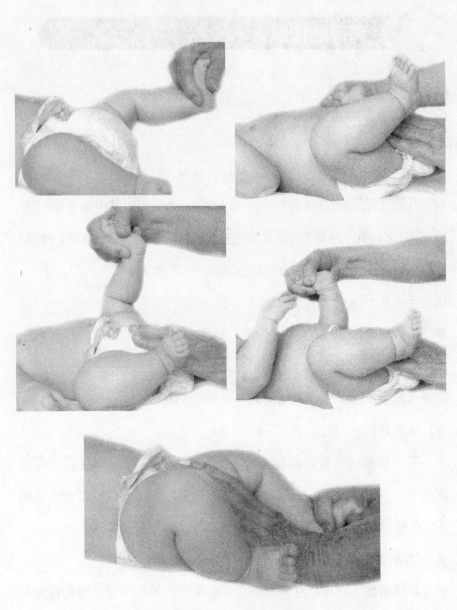

图2-19　腿部大运动

中国婴幼儿身心成长指南 新手妈妈必读

 背部的按摩

（1）捏背

◆ 效能

人体腹为阴，背为阳，腹有任脉，背有督脉，凡有关功能的经络都要由此经过，所以搓背督脉，可以动员全身阳气。其中最重要的就是后天之本如脾的阳气，脾胃功能就会旺盛。脾主运化，主要功能就是消化，消化功能旺盛，食欲就会增强，体重也会增长。

● **步骤**：见图2-20。宝宝俯卧，抚触者将两食指弯曲，指背向下置于长强穴（尾骨穴）上，沿脊柱方向上推动至皮肤起皱褶，分3次推至大椎穴（颈椎下的隆起处，即第7颈椎棘突）。

● **抚触次数**：3次。

● **用力指数**：高度。起初宝宝可能会有不适，或会出现哭泣的现象，可采用转移注意力的方式完成最初的适应期，但应注意不要引起宝宝的疼痛并使之产生恐惧感。

● **速度指数**：中速。

● **关注指数**：高度。注意观察宝宝的反应，不要引起宝宝的疼痛和恐惧。

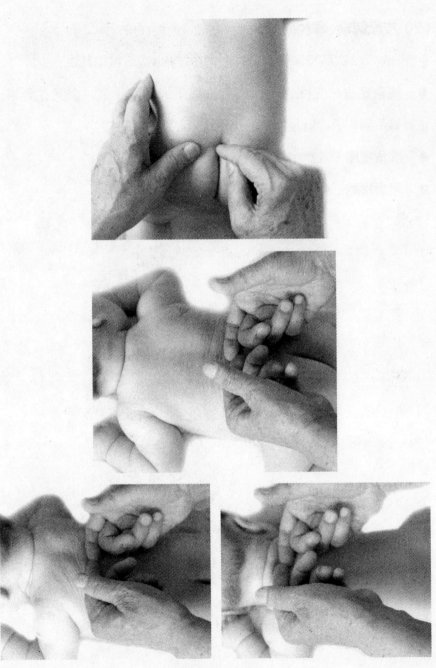

图2-20 捏背

（2）按摩脾俞、胃俞、肾俞

在捏背2次后按摩脾俞、胃俞，在捏背3次后按摩肾俞。

● **脾俞定位**：见图2-21。两侧胸廓下缘的水平线，交叉在脊椎，该脊椎两侧的肌肉就是脾俞的位置。

● **脾俞按摩**：双拇指按压2次。

● **用力指数**：中度。

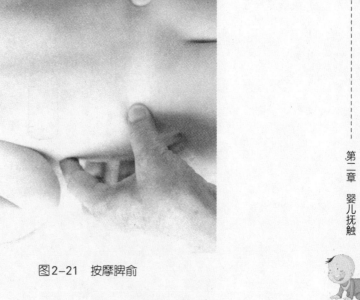

图2-21 按摩脾俞

● **胃俞定位：**见图2-22。胸廓中央部向中连线至脊柱，即第12胸棘突下两侧肌肉就是胃俞。

● **胃俞按摩：**双拇指按压2次。

● **用力指数：**中度。

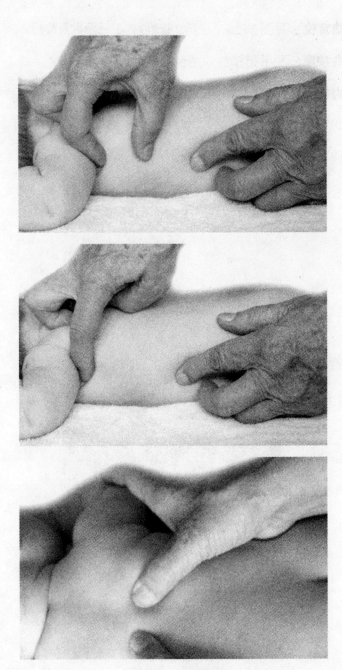

图2-22 按摩胃俞

● **肾俞定位：**见图2-23。在第2腰椎棘突下两侧为肾俞。

● **肾俞按摩：**两手指横放向两侧分开，轻轻按压3次。

● **用力指数：**中度。

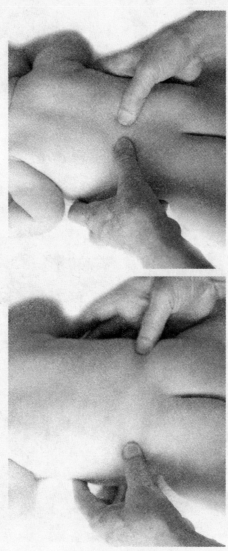

图2-23　按摩肾俞

第三章

婴幼儿早期教育——早期教育（刺激）和训练是启动及发展婴幼儿身心生理潜能的原动力

概述

孩子需要教育

随着一声响亮的哭声，一个新生命来到了世界上，给年轻的父母带来了许多欢乐和期待。每位父母都会尽心尽力地去爱孩子，虽然对孩子的关注谁也超不过父母，但这并不意味着父母能真正了解孩子。父母也许会问：为什么孩子这样发展，而不是那样发展？孩子的心理活动是按照什么样的规律形成的？怎样了解孩子的个性特征？是任由孩子的天性发展还是给予教育？

孩子在出生的最初几年所走过的路是有趣的，了解孩子发展的规律和孩子身上不断出现的变化，可以帮助家长更有成效地教育孩子，使孩子从一个生物个体成长为一个社会人，逐步掌握各种适应未来社会生活的能力。

儿童的潜能与教育

新生儿并不是无能的、被动的个体。现代科学研究证明，婴儿从出生之日起就具有主动探索外部世界的潜在能力，而且还具有相当惊人的反应和学习能力。

(1) 婴儿教育的生理基础

0 ~ 3岁是人的形体和神经、心理发育最快的时期，已经具备了接受教育的基础和条件。婴儿出生时大脑皮质的发育已达到可能形成条件反射的程度，能够接受来自各种感官的刺激。比如，孩子出生不久看见亮光就会把头转向亮光之处，听到巨响会有哭叫反应；当奶头接触他的嘴唇时就张嘴吸吮。这些都是天生的本能反应，是对外界事物的无条件反射。为了生存，他还必须学会适应新的生活环境的一些本领，于是，他就在已经具有的无条件反射的基础上，开始主动探索，在接触各种事物中，感受到各种刺激，并在不断重复、强化的过程中建立起新的条件反射。这种能力只有在外界不同的刺激下才能发展起来，及早给予刺激可以加速先天潜在能力的早期表现。根据"用进废退"的原理，不给予刺激和训练，有的细胞活动能力就会降低，已形成的反射还会消失。孩子2岁时神经纤维已发育得很好，可以进行多种方式的练习，3岁已形成网络联系，神经纤维已髓鞘化。1岁时脑重已达到成人的59.4%，3岁时达到成人的71.9%，6岁时达到成人的90.6%。这些都说明,早期教育不仅是可能的,而且有其生理基础。

(2)婴儿教育的心理基础

研究表明,人潜在能力的发展有关键期,在此时期给予适当的教育训练,才能获得最佳发展,甚至形成某些特殊的能力。教育和训练如果在关键期即将来临之前和在关键期进行,则收效最大;也就是说在某个年龄学东西更快更好,过了这个关键年龄,再来学习就不如关键期学得好了。

所有发育正常的儿童都有强大的潜在的生理、心理发展的可能性,父母要尽可能估计儿童接受教育的可能性,并合理利用这些可能性,使他们在身体运动、语言、思维、社会交往等方面得到全面发展。

第三章 婴幼儿早期教育

71

早期教育的特点

无固定模式

婴幼儿教育也需要采用完整而正规的教材。它是供家长教育孩子用的，但并没有固定的模式，一般都是寓于生活中随时随地可以实施的。比如，母亲喂奶时与孩子喃喃细语，充满爱意地抚摸搂抱他们，孩子学走路时父母在旁边微笑协助鼓励他们等。孩子是通过模仿进行学习的，在与周围任何环境的接触中，他们学到了生活常识，认识了世界，学会了与人交往，心理也慢慢成熟起来。

在环境互动中自然学习

孩子3岁以前是在与环境相互作用的过程中、在父母的指导下认识周围世界，增长知识，发展各种能力的。婴儿通过与父母的亲密接触，开始认识周围环境，学习表达自己，在与周围环境的互动中逐渐认识了物体的特性，从大人的腔调、表情和动作中主动进行学习，发展自己的智能，从而适应社会生活。在早期教育中，父母的处世态度、社交技能、聪明智慧、情感风格和人格力量都能融化在与孩子的日常接触中，都在无声地熏陶着他们，给孩子空白的心理世界定下了某种基调，打上了不可磨灭的底色。

以感官学习为主

人的大脑是在与外界环境不断接触中得到发育的，而人与外界环境的接触，是通过眼、耳、鼻、舌、皮肤等感觉器官进行的，视、听、嗅、味、触及平衡感六种感觉则是婴儿探索外部世界的"门户"，它们决定着婴儿神经系统及各个感官互动、协调的程度。两三岁前的婴幼儿主要通过接受各类感官刺激来观察和判断事物，经由各种直接体验来获得经验，形成概念，进而作为想象、思考及创造的基础。因此，这种感知觉学习是思维能力发展的基础，更是个体智力发展的源泉。此时教育的重点是发展婴儿的感知觉和动作技能，尽量让婴幼儿自己去看、去听、去操作来获得实际经验，所以婴幼儿教育应做到自然化、生活化。

学习需要重复进行

重复是婴幼儿学习的重要特点。1岁以内的孩子就有大量重复行为：反复蹬腿，反复敲打玩具等。1岁以后，孩子的重复行为更明显：一次又一次上下楼梯，一次又一次从高处往下蹦。这些行为在成人看来是无意义的，但是孩子却乐此不疲。其实这是他们在通过反复的练习来理解事物间的关系，锻炼自己的感官、动作的灵活性和协调性。但是孩子在什么时候重复哪种活动，却不是由成人来决定的，而是由宝宝成长规律决定的。当孩子对环境中的某一活动感兴趣而重复的时候，往往表明该行为能力发展的关键期出现了。家长如果能够及时发现孩子某种行为的关键期并创造适当的环境，孩子的这种行为就能够获得良好的发展。所以家长在发现宝宝喜欢重复某种行为的时候，最好的教育就是创造条件让孩子重复。孩子的重复并不完全是机械的重复，而是有着变化的，他的动作在重复中变得越来越熟练，记忆越来越完整，语言的表达越来越清晰流畅。这种反复训练会帮助孩子建立良好的神经通路，大脑会根据规律进行自动调适，孩子也会把这种学习作为一种乐趣。

早期教育的原则

尊重孩子的主体性

　　尽管婴儿依赖于成人的照顾，但父母首先要确立的教育意识就是，把婴儿作为一个独立的个体来对待，把他看成一个具有生命力的、有独立意愿的、不断变化发展的人。婴儿不是父母可以任意塑造的对象，也不是观赏的宠物，父母所起的作用是仔细观察他们，理解他们的内心世界，尊重他们的个人特征，为他们的发展提供客观条件，使他们在自由和自发的活动中，智力、情感、个性、社会技能、身体动作得到自然的发展。父母应认识到，婴儿发展与任何事物发展一样，都要遵循一定的规律（包括自然规律和社会规律），逐渐成为一个有独立技能的人，有社会意识，能够为社会做贡献的人。

循序渐进，遵循发展规律

由于神经系统的发育成熟有一定的顺序，婴幼儿的智力发育也有一定的规律，故对儿童进行教育时应遵循其生长发育规律和认知规律，由易到难，由浅到深，不能超过他们的实际水平和能力，也不能操之过急，否则会妨碍其智力发展。对于正在发展中的孩子来说，比较简单的活动还没有掌握时，比较复杂的活动是难于掌握的。比如，孩子只有学会走之后才能学会跳，只有了解了积木的形状后才能搭出城堡。想让孩子跨越某个阶段，只能是机械地掌握，并不能真正理解。父母应该耐心地、循序渐进地引导孩子从一个阶段走向另一个阶段。

因材施教

不同的孩子，由于遗传素质、生活环境、接受教育及个人努力程度不同，在身心发展的可能性和发展水平上存在着差异，其兴趣、能力、性格也都不同，即使是双胞胎，其智力水平也不完全相同。因此要根据每个孩子的个性特征，实施不同的教育，而且家长不能把自己的兴趣爱好强加在孩子身上，对智力落后的孩子，更要善于发掘他们各自的潜在能力。

家长首先要学会观察孩子的发展，不要急于下结论。因为孩子的外部表现并不能马上给我们揭示出他内心世界各种特点的全貌。比如，有的孩子看上去笨拙、动作较为迟缓，但是家长会发现他的词汇非常丰富，完成任务非常认真。实际上他的发展状况被某些气质特点产生的表象掩盖了，所以不要根据孩子外部表现轻易下结论，应该观察得更深入一些。

适度教育

毫无疑问，孩子是需要教育的，问题是如何把握教育的"度"，在教育的道路上该走多远，合理利用婴幼儿先天可能性的界限在哪里。一些研究和实践表明，人为的训练强化可以加速婴幼儿的发展。比如，18个月的孩子可以认识上千个字，但这对孩子并非有益，而且这种教育的远期后果难以预测。实际上，目前对婴幼儿危害最大的并非教育不足，而是过度教育。家长在教育孩子时一定要注意以下几点。

① 教育的对象是正处于机体发育阶段的婴幼儿，他们的大脑形态、生理特性尚未完成，接受能力有限，应制订合理的作息制度，学习和游戏的时间均不宜过长。

② 不要只看到孩子能记住什么，还要看他的理解程度。如教孩子背数字、背古诗，但孩子却不知道怎样用。

③ 过早地教孩子学习知识会破坏人体和谐发展的正常进程。在孩子年龄发展的每一阶段，他的行为的出现都遵循一定的规律。

开发孩子潜能时除要把握好教育尺度外，还要避免两种极端的教育态度，即溺爱娇惯和过严要求。好奇好动是儿童的天性，过分的保护包办代替会剥夺孩子练习正常动作的权利和机会，以致限制了智能的发展；过多的干涉会使孩子胆小、怕事，也会助长他们的逆反心理，过分保护和干涉培养出来的孩子往往缺乏独立性、自立性。过分严格要求的孩子，如果不能完成任务则会产生无能为力的感觉，意志消沉。因此溺爱和过于严格都不宜，爱抚与严格要求的尺度要恰当。

此外，家长在教育孩子时还要避免"教育冷热病"。有的家长一旦忙起来几个星期、几个月不关心孩子的教育，而孩子一旦犯了错又没完没了地批评和教育，而且总是按照自己的主观意志教育，过段时间热乎劲儿过去了，又对孩子不管不问。要知道，孩子的教育是必须日积月累，长期坚持的。早期阶段的教育父母虽然辛苦一时，但收到的成效却会幸福一生。就像农民播撒种子在土地里，耐心浇灌、施肥，等待地里长出丰硕的成果；教育孩子也需要脚踏实地，一步一个脚印，持之以恒。

 寓教于情感中

处于前言语状态和口语上不完备的婴儿，还不具有足够的逻辑思维能力接受父母的言语教导，他们较多地通过成人的感情反应去引导他们的心理和行为。对婴幼儿而言，凡与情感体验相联系的事件都有着独特的教育意义。

婴幼儿期的教育是建立在亲子关系的基础上，因此这种教育也就倾注了父母的心血，父母对子女的关切和无私的爱会使孩子受到强烈的感染，这种深厚的感情在教育过程中往往能成为一种神奇的催化剂，使教育的力量成倍地增长。比如，在亲子接触中，父母对婴儿生活有条不紊的照顾或杂乱无章的干预都会影响他们生理、生活节律的建立；父母耐心、细腻或烦躁、粗暴的态度也会影响他们的情绪；父母对婴儿状况和需求是否敏感也使婴儿的感觉敏锐性发展或变得反应迟钝。当婴儿逐渐长大后，父母与他人的交往方式以及对孩子的引导方式，都会对他们的社会性发展产生影响。总之，父母与婴儿的交往为婴儿营造了循着什么方向发展的综合总体环境。因而在早期教育中，父母的修养、对孩子的基本态度以及与孩子的相互关系，都是早期教育必须注意的基础。

教育就要依据孩子发展的规律，为孩子提供和创造适应生长的环境，让他的身体、智力、个性情感得到发展。其中，父母与孩子的交往本身就是环境中最重要的一部分。在这个过程中，成人为孩子充当了连接外部世界的桥梁，为他打开了一扇探索精彩世界的大门。

教育与生活相融合

早期教育是一种全方位的教育，它蕴藏在婴幼儿的日常生活中，内容极其广泛。婴儿从出生后不久就有一种积极地、能动地从环境中吸取各种事物印象的能力，按照从环境中得到的印象去行事，借助自身活动和无数次自发的重复去形成行为模式。家庭成员在日常生活中表现出来的品性、志趣、性格、生活方式、行为习惯等对孩子有潜移默化的影响。在日常生活中，应根据婴儿的年龄特点，从常规教育入手，把教育渗透到婴幼儿的衣食住行、言谈举止等生活的各个方面，通过让孩子耳濡目染，动手尝试，使他更容易理解和掌握。

家庭成员教育要求一致

如果家庭成员在教育孩子时意见不一致，孩子会学会见风使舵、投其所好，逐渐地他会形成一种信念，没有绝对的对与错，只要知道对谁该说什么就行了。对于一个家庭而言，制订一致的教育方针是必要的，但这并不是一件简单的事情，家庭中的成员对于怎样抚养和教育孩子，往往有各种不同的看法，这些不同看法应该会随着家庭作为一个整体开始生活逐渐接近起来。但是没有有意识的努力也是不行的，了解孩子越多，一致行动的基础也就越多，做出不合理的主观判断的可能性也会少得多。当然，家庭教育一致并不是指行为上的完全一致，每个人都有自己特有的行为作风，也就有相应的教育作风，方针是同一个，但执行的风格可有不同。

早期教育的方法

　　家庭给孩子上的生活课有着巨大力量，因为这种课程是孩子最亲近、最亲爱的人上的。其中父母对儿童的影响程度又比其他人大得多（甚至在孩子上幼儿园、不在家的情况下也是如此）。这些课就像种子撒入最适宜它生长的土壤中一样，会生根发芽，开花结果。那么，想要教育好孩子，父母应该怎么做呢？

爱和接纳

　　父母爱孩子往往被看成是天经地义的事，但是要做到真正爱孩子并不是一件容易的事。因为孩子并不总是使父母高兴，他们会不听话、犯错、闹情绪，让父母伤心，伴随着这种伤心而来的有时是对孩子的爱开始减少。父母首先要明白，爱孩子并不是因为他们是好孩子，而是因为他们是现实的存在，是自己的孩子。一个人在成长的过程中，他必须要让生命中最重要的人接纳，才能找到成长的动力。这个接纳的本身是无条件的，孩子即使有种种的缺点和不足，父母也要无条件地爱他，把他当成心肝宝贝。

爱是最有人性、最富温情的一种素养，每个人都应该在这种爱的环境下成长起来，并要把这种爱传递下去，在下一代身上再出现。如果孩子经常能感受到亲人的爱，他们就会在对周围的世界抱有信任感的气氛中成长，因为他们知道，有人关心、保护他们。这种保护与关心有助于他们发展自己的能力和品质。而缺乏父母之爱的孩子长大后往往严酷、冷漠，缺乏人情味。

因此，父母要全身心地爱自己的孩子并无条件地接纳他，给予他情感的食粮，呵护和照料他，对孩子合理的需要及时满足，让孩子感受到父母喜欢他，这样就会满足他心理上的安全感。父母每天需要有一定的时间和孩子在一起，与其试图去教孩子一些什么东西，还不如不要对孩子抱太多的期待，抽出一定的时间单纯地去和他玩，无条件地把自己的爱心投入到他的身上。

 ## 和孩子一起成长

要教育孩子，首先必须深入孩子的内心世界，探求其发展的规律。只有了解了孩子的内心需求，他的兴趣和要求才不会被忽视。要想了解孩子的心理，我们不应该让孩子来适应成人的生活世界，而是我们应当进入他们的精神世界里去，从孩子的眼光来看世界。这样就会敏锐地观察到孩子的特点，把握住孩子的变化，通过适合他的教育促使其内心更加丰富。

如果父母想更好地了解孩子，还要力求更好地了解自己。我们在教育孩子的同时，仿佛又重新经历自己的幼年时代，但不同的是我们比以前变得更加聪明了。这恰好能为我们提供了一个反省自己成长经历的机会，这样我们或许能发现自己身上从幼年时代就已存在的某些特点，也就更能理解孩子的某些行为特点。假如这些特点是我们不喜欢的，那么我们就会思考这是如何形成的，受哪些因素影响，今后如何让孩子避免。

父母的行为是孩子的一面镜子，因此，在关心孩子成长的同时我们也要不断完善自己，在与孩子共同成长的过程中，去除自己性格中不良的东西，克服自己的弱点，也就更能促进孩子良好性格的形成。

提供有益身心发展的环境

许多研究证明，良性、丰富的刺激对婴儿的智力开发有明显的作用。美国心理学家曾做过这样一个实验：把同一天出生的婴儿分成两组，一组放在一间墙壁雪白、什么东西也没有的静室内；另一组放在天花板和被子上都有花纹的房间里，婴儿隔窗可以看见医生、护士在工作，还可以听到音乐，充满了良好的环境刺激。两组婴儿在两个不同的环境中分别护理几个月后，对他们进行智力测验，结果提示，在缺乏刺激的房间里长大的婴儿在智力发育上比另一组婴儿晚3个月。

环境给婴幼儿提供了安全、健康的保证，提供了人际交往的空间，也提供了练习、探索的机会。婴幼儿在环境中可以辨识事物，建立事物之间的联系，模仿、积累各种社会经验。这些能力是婴幼儿通过感知觉活动获得的，比如"看到"、"听到"、"嗅到"、"摸到"等。除了这些外显的活动过程和行为表现，婴幼儿还有可能获得未必外显的内心体验，如"喜欢"、"兴奋"、"激动"等。因此，家长要利用和创造有益的环境，引导婴幼儿行为、能力和兴趣的表现和发展。

（1）自然环境

教育家陈鹤琴指出："大自然是我们最好的老师，大自然充满了活教材，大自然是我们的教科书。"户外充满了各式各样新奇的人或物，多让孩子去接触、观察，这样会对他的听、视、触等感官造成强烈的刺激，有益于身心发育。比如，常带孩子出去走走，观察车辆、人群、花草树木，过家庭以外的生活。室外环境能给孩子提供丰富多变的新鲜事物，让他们不断了解更大的外部世界。

（2）室内环境

室内环境是婴幼儿活动的主要场所，好的室内环境对婴幼儿心理、智力、性格的发展有利。在安全许可的情况下，要让孩子有独自探索外在环境、认识新事物的机会。比如，为孩子准备阅读、运动、涂鸦、动手操作的游戏环境；布置婴幼儿的居室环境时，要将有利于智力发展的色彩应用于婴幼儿的小床、被褥、衣服以及各种玩具中，以给婴幼儿一个良好的刺激，有利于婴幼儿身心发展；在空间的利用上，要考虑婴幼儿充分活动和取放材料的方便。

（3）心理环境

良好的心理环境意味着孩子在各种活动过程中，能得到及时和充分的满足，由此产生愉快的情绪体验，进而会对他的各方面产生积极的影响。母亲亲切的呼唤、赞许的微笑、温柔的语调都会让孩子的心情愉悦。父母应为孩子创造良好的心理环境，对孩子多一些理解，给予他们更多的鼓励和支持、较少的限制和约束。

 创造良好的家庭氛围

家庭成员的性格、相互之间所形成的心理氛围，尤其是每个人对待孩子的态度、抚育方式等方面的协调一致对孩子的影响特别重要。家庭环境中的不良刺激，如争吵、电视音量过大等，对孩子心理发育、个性形成的伤害往往不易被人觉察，但这可能产生长远的不利影响。因为这时婴幼儿的脑功能正在迅速发育，对外界的信息具有惊人的吸收力，这些信息不但留下深刻印象而且会进入脑部的神经网络成为心理的一部分，并会伴随终生。由此可见，有利的家庭氛围会促进婴幼儿良好个性的发展，有害的影响则会造成个性的缺陷。

和睦、轻松、愉悦的气氛使孩子能够感觉到，也能激发他进行更多的活动，产生积极的情感。紧张的家庭关系、令人感到压抑的气氛、愁眉不展的脸色、对他人指责埋怨，都对孩子有恶劣影响。

母亲作为孩子最亲密的照料者，对孩子的影响是第一位的。平静、和谐的家庭环境、对母亲的自我良好感觉、充分自信和家庭成员间宽容相处很重要，有利于孩子依恋、安全感、信任感的建立。如果母亲不愉快，往往会迁怒于孩子，这样孩子会受母亲的情绪干扰。一个家庭的风格、氛围，就像掺杂在乳汁里的物质一样会被孩子吸收，在孩子身上留下终生的印记。比如，在井然有序、富于生活情趣的家庭中长大的孩子，在行为方式上也会具有这些特点。所以有多少个家庭就有多少个不同的孩子，每个孩子都有自己独特的个性特点和行为方式。

 ## 做好榜样示范

父母是孩子的第一任老师，父母的信念、情绪、行为会对婴幼儿产生潜移默化的影响。孩子具有爱模仿的特点，父母的一句话、一个动作甚至一个表情都会对孩子的发展起导向作用。孩子对父母本人的榜样非常敏感，很容易看到，孩子总爱模仿父母颇具特征的动作，在他们的言语中经常出现大人习惯使用的词汇和短语。如果孩子对老人说话无礼，很可能是父母曾用不满的腔调同老人说话。如果父母不能使孩子养成整洁的习惯，就应反省家里是否总是杂乱无章。所以，想让孩子成为什么样的人，父母自己就要先成为什么样的人。想让孩子怎样对待父母，父母先要怎样对待他。

父母以身作则之所以重要，是因为孩子的学习往往寓于行动，喜欢模仿。婴儿及早期幼儿处于感觉运动发展阶段，难以接受成人言语中的逻辑指导。父母希望孩子有哪些品德和习惯、性格特征，首先也应要求自己有相应的修养和行为举止。早期的行为习惯及感情色调往往会贯穿孩子的终生。

父母的每一个具体行动都是孩子们学习的样本。如果父母想纠正孩子们的一些不好的行为方式，就必须用自己的行动去告诉他们怎么做才是正确的，让孩子在旁边看父母是如何行动的。如果父母对孩子总是命令和呵斥，不仅不会起到应有的效果，反而使他们学会了用父母对他们的说话态度和方式去对待别人。父母每天都应该考虑这样的问题："我今天的行为是不是作为孩子们的榜样了？"

 游戏即教育

游戏在婴幼儿生活中占有重要的地位，是婴幼儿认识和再现世界的基本形式，也是其获得积极的情绪体验、培养良好个性品质的重要方式。"游戏"是孩子的天性，在游戏中孩子模仿各种举动、言语和表情所积累的丰富印象，在不知不觉的潜移默化当中形成了自己的性格、兴趣和爱好。随着婴幼儿的成长，父母关注的重点不仅在于日常生活照料，而是开始同他们一起玩耍。通过和孩子游戏互动，可与孩子建立信任感、安全感，也可增加孩子的探索及认知。事实上，父母和孩子玩，就是在教育他们，为孩子提供的玩具与上学用的教具有同样的价值，游戏内容也与幼儿园的课程同样重要。因此父母应花很大心思和孩子玩，选择一些能引起他们兴趣、适于他们发展的游戏。在游戏中要注意以下几点。

（1）根据婴幼儿的情绪调整游戏种类

情绪会影响孩子的兴趣。如孩子吃饱喝足、情绪高昂就会喜欢激烈的活动；身体不适、情绪低落时则需要安慰。游戏的目的是让孩子感受快乐。技能训练和知识虽然很重要，但参与任何活动都是为了让他处于快乐的体验中。

（2）依据婴幼儿的兴趣选择游戏

兴趣是最好的老师，激发起孩子兴趣的游戏会让他的学习动力十足。有的孩子喜欢运动游戏，有的孩子喜欢安静的活动，父母应留意观察孩子的反应，了解他们喜欢什么，什么活动占据孩子玩耍的时间较长。

（3）控制游戏的速度、难度

游戏刺激要适度，以让孩子感兴趣而又不望而生畏为度，充分考虑婴幼儿的操作能力和反应速度，适当难度和速度的操作才能转化为他们的能力。孩子往往反应速度较慢，父母要配合他的节奏，耐心等待孩子尝试，给他充分探索的时间。

（4）选择适宜的玩具

玩具是孩子游戏的载体，为孩子选择玩具时应注意下面几点。

① 注重多功能性，即一物多用。选用具有多功能、多变化特点的玩具，如积木、组合玩具等，可让孩子自己组合拆装。

② 注重多层次性，一种玩具在不同年龄玩出不同水平。如球可锻炼跑、跳、投、踢、拍等多种技能，训练身体各部位的协调性和灵活性。

③ 根据年龄特点选择玩具。比如，1岁之前选择绒毛、绒布、充气玩具、悬挂玩具、可抓握的不规则物品等；1岁后增加拖拉玩具、推行玩具、盒子、瓶子等；2岁后增加拼图玩具、笔和纸、剪贴工具等。

早期教育的内容

婴幼儿教育主要包括动作技能、语言、认知能力、社会性行为和情感培养、人格发展等方面，各个领域应均衡发展，如果特别关注或忽视某个领域都不利于婴幼儿健康成长。

 ## 动作技能

人的活动是在神经系统特别是大脑的支配下，通过动作来完成的。动作发展是婴幼儿机体生长发育的重要标志，也是其生存和发展不可或缺的基本能力。因此，动作发展在一定程度上反映了大脑和神经活动的发展，也是测定婴幼儿心理发展水平的一项重要指标。

婴幼儿期是开发运动潜能的关键期，每个婴幼儿都蕴藏着无限的运动潜能。美国心理学家克罗韦认为，运动是智力大厦的砖瓦。婴幼儿最初3年的动作发展迅速，从不会主动地活动，到学会抬头、翻身、坐、爬、站、走；从原来不会动手，到后来手的技能越来越强。家长要为婴幼儿提供安全的活动场地，创造有趣的情境，提高婴幼儿活动的兴趣；开展亲子体育活动，发展动作技能；让婴幼儿有充分的动作练习，不仅进行爬、翻滚、走、跑、跳、攀、转圈等大动作练习，还应进行抓取物品、对指捏物、双手协调等精细动作的练习。

人的身体适应过程和社会适应过程是从自然人到社会人的最重要内容，是生存和发展的基础。各种运动游戏有利于促进婴幼儿的感觉运动能力，发展身体意识能力，在活动中还可以发展更多的人际关系，学会与人交流及与社会合作的技巧，从而有利于社会化行为的培养。

认知能力

认知包括感知觉、注意、学习、记忆、思维、想象、创造等多种能力，是大脑对客观事物进行理解和概括的反应，是一种高级认识过程，认知在婴幼儿时期即为适应性行为，是婴幼儿对外界物质刺激的综合反应。婴幼儿时期的适应能力是所有能力、情感、行为习惯发展的基础，是今后学习求知的基础。要注意激发婴幼儿的好奇心，培养其主动学习的兴趣和习惯，鼓励他自己发现、解决问题，自由地进行探索。

婴幼儿认识周围世界、发展智力是通过各种感觉器官来实现的。因此，有目的、有计划地对婴幼儿的感官给以良性刺激，促使其视觉、听觉、嗅觉、味觉以及触觉的发展，进而促进其大脑的发育和智力的开发，是婴幼儿适应性行为教育的重要内容。结合婴幼儿的生活实际，在安全的环境下，父母要采用多种方法，鼓励其对周围事物多看、多听、多摸、多闻、多尝，促进婴幼儿感知觉的发展；多接触大自然，认识花、草、树、木等，以开阔眼界；运用鲜艳的色彩、生动的形象及各种玩具，使孩子在摆弄的活动中，发展感觉，认识事物的属性，如颜色、形状、大小等。

 ## 语言能力

语言是婴幼儿与成人、同伴进行沟通的工具。面部表情、肢体动作和哭笑声都是婴幼儿表达感受和需求的方式。0～3岁婴幼儿大脑皮质的语言区特别敏感，容易对听到的语言进行记录和整理。0～3岁的婴幼儿正处于语言发展的关键期，他们具有与成人语言交流的需要，良好的心理、物质环境的创建是促进婴幼儿语言发展的重要条件，婴幼儿的语言能力必须在与成人的相互作用中发展。家长要为婴幼儿提供正确的口语示范，积极回应婴幼儿的言语需求，为婴幼儿的语言学习和模仿提供充裕的环境条件，利用生活中的一切机会，让他们多听多说，运用多种方法，如游戏法、对话法，积极逗引、鼓励婴幼儿开口说话，如给孩子听音乐、对话、念儿歌、讲故事、提供合适的阅读内容和材料等。

社会性行为与情感

从生命的最初时刻起，在作为自然人的婴幼儿身上，逐渐开始注入社会化因素。3岁之前是社会行为和个人情感培养的最佳时期。具体内容包括：培养婴幼儿自理能力，养成良好的生活习惯；帮助婴幼儿建立自我意识；培养社交能力，建立良好的人际关系；发展健康情绪，鼓励主动探索事物；培育他们的美感，尽一切努力让他们快乐。

（1）自理能力、习惯的养成

生活自理能力是人适应社会生活方式的基本要求，生活自理能力在某种程度上反映婴幼儿智力发育水平，生活自理能力主要依靠训练，但与生理成熟度密切相关。婴幼儿生活习惯的培养主要包括良好的睡眠、饮食、排便及卫生习惯的养成。如孩子能自己上床到自动入睡，安静入睡；学会正确使用餐具，自己吃饭；自己洗手，洗脸，脱、穿衣裤等；定时大小便到能自动去厕所大小便的习惯。婴幼儿良好习惯的养成，能促进其社会性发展。

（2）情绪情感

积极愉快的情绪是婴幼儿心理正常发育及身体健康发育的重要条件。父母要增加爱抚和与婴幼儿情感交流的机会，不要限制他的探索活动，经常满足婴幼儿的合理要求，对其好的行为给予肯定赞赏，如经常对孩子微笑、态度和蔼等，经常使其保持愉快的情绪状态。父母还要密切注意孩子的心理反抗期，采取正确的方法应对。让孩子在生活过程中获得"酸甜苦辣"各种感情体验，有利于增强其适应环境变化的能力。

（3）社会交往

婴幼儿也有交往的需求，交往是个体不可缺少的社会化学习的重要内容；婴幼儿良好的心理素质也是在交往中逐渐形成和发展起来的。父母要与婴幼儿建立亲密关系，利用各种机会与婴幼儿交往，教会其一些基本的交往技能，学会与成人合作玩游戏，学会与同伴交往，锻炼沟通能力。带婴幼儿走出家门，与各种人进行交往。应尊重婴幼儿的交往个性，逐步引导，而不是给予太多的干预。

各个发展阶段教育重点

0～3岁是各种能力飞跃发展的重要时期，在这个阶段父母应把握以下几点。

① 相信孩子具有天生的学习能力。

② 每个行为都有它的敏感期，父母必须以客观的态度细心观察孩子的内部需求和个别特征。

③ 布置良好的学习环境。

④ 鼓励孩子自由探索。当孩子获得尊重与信赖后，就会在环境中自由探索、尝试。

⑤ 适时协助而不干预。当孩子热衷于有兴趣的事物时，父母应放手让孩子自己做，避免干预，并适时给以协助、指导。

新生儿期

新生儿期（出生至满月）最重要的是及时满足宝宝的各种生理需

求，可认为他的要求都是合理的。这时最需要建立安全感。需求得到及时满足的宝宝，会对家长和这个世界产生信赖和认同。

第一阶段主要的游戏是在宝宝清醒的时候跟他进行目光交流，温柔地抚触宝宝的全身并跟他轻声说话，活动宝宝的肢体和关节，给宝宝看鲜艳的玩具和画片，给他听悦耳的铃声和轻柔的音乐，帮助宝宝发展最初的视听能力、抬头能力，简单的视觉捕捉和追踪能力，以及和妈妈对视交流的能力。

1～3个月

这个阶段的核心育儿任务就是"家长要跟宝宝建立有效的沟通和交流"，即准确理解宝宝的想法，也要让他真正体验到妈妈的关爱。为此，妈妈首先要做一个有心人，做一个细心的观察者，仔细地分辨和理解宝宝的信号。

这个阶段主要培养的内容包括充分训练宝宝头部运动和控制能力，主动伸手抓取和拍抓的能力，专注凝视和视觉追踪的能力，以及为培养独立入睡、规律进食等良好的基本生活习惯做准备等。

4～6个月

这个阶段育儿的核心任务是"家长要跟宝宝建立良好的游戏习

惯"，因为宝宝喜欢玩但还不会玩，如果他的兴致得到满足，在游戏过程中体会到快乐，就会越发地被激起学习的欲望，这将成为一生的学习动力。

重点训练宝宝自由翻身的能力和坐起的能力。动手能力特别需要家长主动引导，应准备一些适合宝宝小手抓握的带柄的或长形的玩具，引导他主动伸手准确抓握，练习初步的手眼协调能力。生活中应该利用各种机会跟宝宝进行简单的情感交流。

这个阶段宝宝的生活内容丰富了，能力大大进步了，凡事都应该有安排，循序渐进地引导宝宝自觉地配合，培养和强化宝宝养成良好的生活规律。

 7～9个月

这个阶段的核心育儿任务是"发现和积极适应宝宝的个性特点"。这个时期宝宝的个性特点开始显露，家长需留意观察，注意自己的教养方式要适合个性。

宝宝半岁以后家长应该做个总结，前几个阶段没能解决好的问题必须立即补课，不能耽搁。在实现前面目标的基础上，在提高宝宝独坐平衡能力的同时，重点训练爬行的能力，把宝宝培养成一个爬行能手。这还是一个练习双手配合以及手指动作的关键时期。引导宝宝双手学习各抓一物对敲和换手，并训练他用拇指和食指捏起小物件。言语能力的训练现在也正式列入议事日程了，要鼓励宝宝学习和模仿正确的发音，教他说些简单的字词，并学习用动作表示语言。

10 ~ 12个月

这个阶段宝宝最显著的进步是"从此站起来了"，也是宝宝自我意识开始萌芽的重要阶段，家长要不断激发宝宝的兴趣，让他的潜能在快乐的游戏中得到发展。

训练重点是进一步提高宝宝的爬行能力，学习跨越障碍爬行，适当地让宝宝站立（在会爬行的基础上）。进一步发展宝宝手眼协调能力，如把小的物件准确地放在小口容器里，握着笔在纸上涂画。家长一方面要教宝宝学习更多字词，同时注意督促宝宝主动开口说话。

宝宝在各方面的进步表面上会比以前慢些，因为这个阶段需要发展的本领比从前难度大了，只要家长在游戏中注意激发和延长宝宝的兴致，就一定能够看到他的巨大进步。

1 ~ 1.5岁

1岁后是宝宝学习自己走路的关键时期，同时也是自我解放和建立自信的关键阶段，一场独立运动已经拉开了序幕，宝宝不再"唯命是从"。

这个阶段最让人担心的是宝宝的安全，因为他还不懂得危险的含义，家长要多留心。宝宝的某些强烈表现虽然令人难以接受，比如摔东西、拉翻抽屉、咬人、揪头发等，但其冲动背后的本性要求却均属合理，对待这些行为只能事先预防而不能事后惩罚。

家长首先要坚持保护孩子学习探索的兴趣，同时创造更好的条件让他在游戏中增长本领。如鼓励宝宝搭积木、玩装嵌玩具和盖瓶盖儿等都是提高手眼协调能力的好游戏。凡是宝宝自己经过努力能够做到的事，就让他自己尝试，比如自己拿勺吃饭，即使洒得多也还让他自己吃。凡是孩子能够配合家长完成的活动，就让他帮忙。这个时期是语言的集中储备期，也是言语爆发的前期，家长平时应多对宝宝说话，即使他不懂也要说，多听有好处。

 1.5～2岁

孩子常常把"不"或"不要"挂在嘴边，其实，孩子要证明自我的存在，证实自己的能力，这些都是进一步发展的表现。家长要想方设法为宝宝提供安全探索的空间，给他足够的自由去做自己喜欢的事情，并恰当巧妙地将宝宝的冲动引导到积极的方向。遇到不良的行为则应采取冷淡和转移注意的办法来对待，逐步帮助宝宝了解和熟悉社会行为规范。

这个阶段要进一步发展宝宝的协调能力和平衡能力，练习上下台阶和蹦蹦跳跳。除了做徒手操，学习使用工具也是这个阶段很好的游戏内容，如用小槌敲打乐器或玩具。给宝宝选择一些适合他兴趣的画册，平时经常跟宝宝说话，说说社会生活的基本常识，培养秩序感也应该纳入游戏的内容，如玩过的玩具要收拾好。许多生活中的点滴小事都可以变成培养宝宝良好行为习惯的游戏。

这个阶段对家长真正是一个考验，要是过分地限制或者控制孩子，可能会打击他的自信心，损伤他的创造精神。相反，要是过分地顺从甚至纵容他，将会在不知不觉间培养了宝宝的坏习惯和不良的生活态度。

2～3岁

2岁以后宝宝将逐渐掌握大部分的基本生活技能，可以照顾自己，而且可以简单地运用语言来表达和交流思想了。如果前一个阶段教养得当，宝宝将顺利度过第一反抗期，跟他人交往的方式也会逐渐变得更加成熟和得体。

这个阶段的核心育儿任务是善于向宝宝提问和回答宝宝的问题，提问可以引导他有意识地去探索和认识世界，还有助于培养创新意识；回答宝宝的问题时需要跟他的认知水平相适应，既要帮助他学习理解一些基本常识和概念，又要防止用规范的条条框框限制思想的空间。

从现在开始家长要教给宝宝进行适当的自我约束了。要注意抓住机会激发宝宝的成就感，对他的任何进步和良好表现都要及时进行表扬和鼓励。平时多给宝宝创造机会参与社会生活活动，抓住宝宝喜欢模仿大人行为方式的特点，教给他一些社会生活的常识和规则。

第四章

大脑发育与功能发展——大脑
发育与智能发展是想象力和创造力的源
泉，是人类进化潜质的展示及当代社会
最巨大的亘古财富

大脑——中枢神经系统的发育成长

中枢神经系统的发育

　　婴幼儿大脑的增长与发育始终是主动而动态性增长的。早在人胚3周时即已分化出大脑神经元（脑细胞，亦即将来的功能细胞），并较机体其他组织的细胞增殖得更快。在此期间脑的大体解剖结构或称为"硬架"也同时发展。大脑神经元自胎儿4～6个月起直至生后6个月一直非常旺盛地增殖着。这段时期大脑发育的质量决定着大脑将来的结构和功能。随后直至6～7岁一直维持着较快增长趋势。其早期增长态势可参看人脑发育相对速度示意图（图4-1）。

　　婴儿出生时大脑皮质表面沟回结构不明显，但随着与人和环境交往（即育儿刺激）的增多，新生儿大脑的沟回逐渐显现、加深并有表面积的增大，从而扩大思维、运动等功能区。然而这些功能区并不是自行发展的。在出生时大脑已有近1000亿左右的细胞（神经元），这

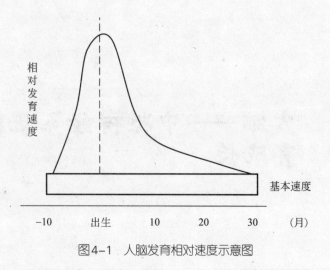

图4-1 人脑发育相对速度示意图

些分散的细胞必须通过与环境反复交往（接受刺激）后才能转化形成有组织的、可以认知、记忆及进行思考的功能细胞团，较多细胞团功能的整合进而形成特定的功能区。出生后的头两年正是大脑灰质层活跃增长及功能区从形成趋向功能完善的重要时期。

　　适龄多元性教育和合理营养是这一关键期的重要环境条件。

儿童大脑的增长

　　新生儿脑重约为成人脑重的23.13%，而此时体重仅为成人体重的5.55%。尽管儿童时期脑细胞数目几乎和出生时一样多，但在1岁末时脑的重量却达到出生时的257%，在3岁时已为出生时的311%，6岁时达到392%。由此可以得出以下两个重要理念，从而成为指导儿童教养工作的理论核心。

第一，从脑的增重和体重增加两者的速度看，这个阶段脑的成长较形体的成长要快得多，亦即功能的成熟较机体其他系统早而多面，为其主导全身各系统组织的作用创建基础。

第二，通过孩子脑重与成人脑重的相对比值可以看出，儿童在6岁时大脑在重量及形态上已接近成人。关于它的功能，虽不宜表浅粗旷地进行比较，但总体上却可用我国广为流传的谚语作出表述，即"3岁看大，7岁看老"，这句话充分表达对幼小儿童脑功能的重视和肯定。有关脑发育的绝对重量和相对体重的数值可参见表4-1。

表4-1　小儿与成人脑重及体重的相对比较

	出生	1岁	3岁	6岁
体重/千克	3.33	10.49	15.31	22.51
占成人体重/%	5.55	17.48	25.52	37.52
脑重/克	370	950	1150	1450
占成人脑重/%	23.1	59.4	71.9	90.6

注：儿童体重按2005年中国九市七岁以下儿童体格发育测量值计；
　　成人体重按60千克计，脑重量按1600克计。

合理营养、科学适情教育与大脑健康成长发育

通过合理营养可看出儿童随着时间在不断成长，他变得活泼、可爱，反应敏捷、聪明。这说明儿童的大脑正在成熟，智能正在发展，虽然大脑功能的成熟不能像身高、体重那样直观地测量出来，但家长却明显感受得到孩子在不断进步。那么怎样才能做到饮食营养合理呢？怎样才能使孩子大脑健康成长并在营养保健支持下使其功能得到最佳发展呢？以下从几个方面来做说明。

大脑功能与营养

对婴儿来说，由于出生后接受环境中大量的视、听、触、嗅、味、体位、平衡感觉等刺激，也由于接受的信息量随着时间大量增加和积累，使得脑细胞本身有所增大，更重要的是脑细胞轴索增宽、增粗，以及相邻脑细胞间触突的广泛交连并形成网络，这就不仅使脑实质容积不断增大，而且在此过程中作为支持脑组织的间质结构及血循环系统微血管组织也大量增生。这些都是脑组织重量增加的主要原因。

通过脑细胞间突触的大量增加及密切交连，逐步形成具有相同或近似功能的细胞团以及参与功能协调的脑细胞团，这些进一步组成共同的协同反应区域，被统称为脑细胞功能团或脑功能区；而且在结构和功能方面经过一段时间运作实践后，使其趋向于完善、成熟。这阶段脑发育的程度取决于环境所施予的刺激种类、频度、累积量和与外部环境的信息交流量及互动程度。对婴幼儿及学龄前儿童来说，则是取决于早期教育的合理实施。如果脑细胞在脑组织快速成长阶段受不到足够的刺激，就会出现迟缓发展、继而萎缩、终至凋亡，也就意味着这部分脑细胞的功能将永远消失。

脑功能的成熟与脑细胞整体结构的增大关系密切，而合理的营养供给既为脑的增重、发育提供其必需的营养素，同时也是保证脑功能—智能正常发展的必备基础，其中优质蛋白质及必需脂肪酸尤为重要。

实验分析表明，脑组织中功能越高的部位蛋白质含量越高，如灰质、白质及周围神经中蛋白质的含量以干重计，分别为51%、33%及29%。在婴幼儿期，若蛋白摄食量仅及所需量的2/3，甚或1/2，就会影响脑功能，表现在入学后常有注意力不易集中、记忆力减退，并常伴有理解障碍和学习困难。

又如必需脂肪酸花生四烯酸（廿碳四烯酸、ARA）、廿二碳五烯酸（EPA）及廿二碳六烯酸（DHA）等均为多不饱和脂肪酸,与婴幼儿神经系统发育、视力发育及智能发展等关系密切。研究表明,亿万个神经元通过彼此之间搭建的"突触",联络成丰富而庞大的神经网络,提供了人的感觉、记忆、思维、意识及时空想象能力的物质基础。尤其是近20年来脑科学的研究成果发现,对人的智能来说,神经细胞彼此之间搭建的"突触"的多少,远比神经细胞的数目更为重要。而大脑神经细胞外面的细胞膜中的磷脂结构中如果缺乏DHA、神经细胞彼此之间较不容易建立"突触"联系,大脑的神经网络就欠发达,孩子的智能发育就会受到抑制。而DHA在常温状态下有着良好的"流动性",从而神经细胞膜的柔韧性、延展性就会非常好。由于信息在大脑细胞之间的传递是通过细胞膜突触端的摆动来实现的,柔韧的细胞膜有着充分灵活的摆动性致使信息传递变得非常快速便捷,因此婴儿期缺乏DHA对智能的发展将有严重的不可挽回的影响。

不难理解,在儿童成长的过程中及时提供能量和与脑功能有关的各种营养素,对儿童成长、脑正常发育及智能发展是何等重要。

脑功能与学习

人脑由两侧对称的大脑半球所组成,在结构上通过处于中间位置的胼胝体相互交连,在功能上各有主要方面,大脑两半球的功能在网络结构组织协调、互相配合下相辅相成、浑然一体。一般认为，左侧大脑半球侧重语言、推理和数学逻辑归纳、分析等抽象思维。语言功能包括对语言的理解及自己用语言表达思想，并延伸至解读数字、符号、图标、文字、写文章，将复杂的事物分解为单一结构要素有序地解码为条理化思维活动等。右侧大脑半球则侧重非语言技能，它凭直觉观察客观世界以纵览全局把握整体，如空间思维、欣赏音乐和鉴赏绘画等具有艺术视野的形象思维以及感知、感受，情绪的表达等。双侧大脑皮质的共同参与促使儿童心理—智能的全面发展。因此，掌握科学育儿的要求、进行适时适龄的教育及合理喂养关系重大，其中游戏是重要环节。儿童兴趣盎然在意想空间创造性地进行游戏是脑发育的必要条件。剥夺了儿童游戏机遇及遐想空间或强制按成人方式思维和进行游戏都不能促进儿童大脑的全面发展。每个儿童在其脑—中枢神经系统发育过程中都有自己个别的经历，家长或监护人不必强求一致。就像编织一件艺术品一样，设计师们的思维所表现的艺术形式是不会相同的，它们各有自己的艺术风格及技巧，然而所用原材料则是一样的。对儿童心理—智能发展来说，这些原材料就是监护人和环境为儿童提供的适合其年龄的各种刺激、玩具等；至于儿童心理—智能如何发展则应根据儿童自身条件实施个别化因势利导的教育。

尽管这里说脑的发育在形态结构上表现之一是重量增加，然而脑重量的增加是不能直接称量的。在实际工作中，通常借助连续测量头围的变化并以之与参考的正常值相比较，从而间接反映出脑的增长及其趋势。正常情况下，1岁末的头围较出生时增长约136%。如头围停止增加或明显落后于同龄儿童，通常提示脑发育迟滞，例如小头畸形的婴儿。在这个阶段如因营养缺乏，受疾病影响或缺乏早期教育或教育不合理以致脑不能正常发育，最终将影响智力水平及学习成绩，而且是不可弥补、不可挽回的终生缺陷。不难看出，脑的发育和为其提供理性的教养支持在婴幼儿阶段是非常重要的。

学习和教育是对立统一的两个方面，对儿童来说是学习，对家长、监护人和老师来说是教育；而环境、社区、玩教具及其他实施教育的条件则是完成教育的方法和途径。儿童自身投入学习是起决定性作用的主要方面，好奇、探索、专注则是激活儿童大脑相关功能最有效的动力。儿童通过对具体客观主体产生好奇、继而探索，并在自我和客观主体间随着认识的深刻化逐渐形成概念，在不断学习深化认识过程中最终脱离具体事物而演化为抽象的概念转换、逐步建立逻辑推理，形成新的理念——创造性思维，这是更高的境界及创造力的无穷尽的根源所在。所谓青出于蓝而胜于蓝，就是说创新的思维及其所形成的事物，既具有事物原有的本质又有与原来本质所不同的创新内涵。毋庸置疑，没有创造就没有人类社会的发展。

生命科学—脑科学认为：学习就是脑功能表现的外在形式，是人体通过各种感官接受和积累外部刺激构筑自我神经通路，并将信息通过这些通路传送到相关功能细胞团，再经过网络综合统合做出应答的过程。对儿童所实施的教育实质上是对大脑各个不同功能区进行功能统合和建立直接神经通道甚或快捷通道，从而完成网络统合的过程。接受同类信息刺激越多、细胞间相连的突触增加得越多，建立信息通道所需的时间就越短，所包罗的脑细胞的相应扩增也就越多越大，从而形成逻辑惯性思维和顺应性反应。举例来说，乒乓球运动员比赛时在对方球拍沾球的极短瞬间就必须就来球的速度、旋转、力度及落点做出准确的判断，及时做出回击的动作并精确地将球反击回去，从而得分。这就是经过大量训练建立功能细胞团间共同快捷神经通道网络统合的结果，而信息在神经通道上的传输速度、容量、所涉及目标终端的范围、层次是决定性因素。又如田径运动员在运动场上都是按规定逆时针方向赛跑的，如果其他条件都不变，只是让运动员改变为按顺时针方向赛跑，那么他们的成绩就会受影响而下降。而对篮球运动员及排球运动员来说，即使交换比赛场地，既不会影响他们专业技术的发挥也不会影响竞技成绩。这是因为尽管方向变了但球员所处的相对位置并未发生变化，说明通过学习建立的神经通路既是前后沿袭的又是有条件的。以上举例是可以测查的客观观察的表象，不一定会被理解为脑功能—智能的活动；而作为反映脑功能—智能活动鲜明生动的例子则莫过于历年全国高考了。考前各个学校对应届学生所施行的高考模拟考试和题海战术，一模、二模，甚至三模，就是活生生的建立直接神经通路营建网络统合的范例。而网络统合则是实现大脑功能的最重要的然而也是最基本的程序性途径。学生高考临场时一看试题，就立即在记忆库中对相关参数进行检索，借以做出逻辑分析以找寻切入解题快速通道的捷径或辅路途径。这时的心理状态非常重要，很快找到解题通路、能解题的学生由于神经兴奋性增高，神经通道上一路绿灯，可谓春风得意；而一下子找不到切入解题通道甚至找不到辅路的学生，由于大脑抑制性的扩散，从脑生理学理解就是相关神经通道被封闭，脑海一下子茫然一片，本来会解的题这时也无从着手了，其结果可想而知。还可以举一个大家熟悉的例子，遇到问题时有的人"眉头一皱、计上心来"，问题得到顺利解决；而另一些人却"冥思苦想、百思不得其解"；脑科学认为后者与前者的差别就在于功能细胞团和与其相联系的通道未曾建立或只有可供探索的边缘小道，无法进入具有统合功能的网络系统。

这里不拟过多涉及脑的结构、功能与学习的某些重要方面，而要着重说明的则是，当儿童对外界事物所形成的刺激在大脑功能细胞团间进行神经通道构建和功能运作时，需要消耗大量的能量，生物物理学称为做功，为完成这种能量转换和发挥细胞功能，则要利用不同营养素的性能和发挥其综合营养效应，借以维护健康的作用。换句话说，学习及其效果是以能量和营养素作为必备的生理基础的。忽视作为物质条件的营养要想取得良好的学习效果是不现实的，也是不可能达到的，因为人体生命活动必须遵循生物界的基本规律。

聪明来自天赋与学习

做父母的都希望自己的孩子聪明活泼有深邃的创造潜能。新闻媒体也不间断地刊出可使儿童聪明的食品广告，好像通过进食某些食物就可以吃出几个聪明先知来。可是，长期以来，学者们几乎一致认为没有能使孩子变得聪明的食物；而人们从生活经验中却都知道：吃，可以吃出肥胖来！

什么是聪明？聪明，是才智的展示，是人在大脑—中枢神经发育的基础上，随着个体成长所形成的对环境中的人、物、事做出合理、得当反应的一种综合认识能力，是人认识社会客观主体及与之协调统一的综合心理特征。要想变得聪明，除了通过勤奋学习加上自己努力实践外，并没有另外的捷径。

什么是智力？智力就是认识周围环境中人、物、事及其内外联系的条件和规律，并借以解决实际问题的能力。人的智力虽然可因先天遗传和后天环境的不同而有差异，但个人的学习意志、毅力和勤奋努力却是提高大脑功效、拓展智慧的决定性因素。而社会人文环境、对儿童提供的早期教育、特别是给予孩子足够的空间发展想象力做他自己想做的事，对培养儿童独立思考、实践锻炼、培植克服困难解决问题的创造力则是重要的相辅相成的要素。

才智的展示及综合运用与后天环境对儿童的早期教育有关、与所施予早期教育的策略、内涵及方法密切相关。

 脑对能量及营养的需求

(1) 能量

人体最重要和最宝贵的素质就是大脑的功能活动，其中逻辑思维活动和创造性思维活动尤其重要，而充足的能源则是维持瞬息万变的大脑各项活动的必要基础。然而脑细胞可直接利用的能源是有限的，大家知道，在产能营养素中脂肪所含能量是最高的，但颅内既不存在脂肪组织，脑细胞也不能通过降解脂肪而获取能量。人体大脑功能运行的主要能量来源是葡萄糖，脑组织主要依赖葡萄糖的有氧代谢提供能量，所以对血糖浓度、尤其是处于低血糖时极为敏感。血糖下降可致头晕、思维活动迟滞和记忆减退，严重时出现意识障碍、甚至昏迷。此外，储量不高的三磷酸腺苷（ATP）也是脑细胞可直接利用的能量来源。在葡萄糖供应不足以致血糖下降时，大脑对ATP的需要量增加而且消耗加快。此外，脑组织中还含有很少的糖原可供短暂的代谢需要。

除葡萄糖以外，谷氨酸是大脑惟一能直接代谢利用的氨基酸。在脑内游离氨基酸中以谷氨酸含量最高。

（2）蛋白质

如前所述，脑组织中功能越高的部位蛋白质含量越高，如灰质为51%，白质为33%，周围神经为29%。为完成大脑对全身神经组织的主导作用和发挥其功能，从功能性营养素看，需要像谷氨酸、氨基丁酸、酪氨酸、色氨酸等具有神经递质、传导功能的基质性氨基酸。同时，作为结构组分，蛋白质又是大脑网状结构的支架及建立网络的基石；而长分子蛋白质则是大脑信息储存及记忆功能的基质。因而，在质和量两方面为儿童提供蛋白质尤其是优质蛋白质是不可忽视的。

（3）必需脂肪酸

必需脂肪酸是指人体不能自行合成而必须从膳食中摄入才能满足大脑的发育及功能需要的脂肪酸。它们包括亚油酸（十八碳二烯酸，属 $\omega-6$ 系脂肪酸），在植物油中含量高，如花生四烯酸（ARA）等；亚麻酸（十八碳三烯酸，属 $\omega-3$ 系脂肪酸），植物油中只含有少量亚麻酸，而某些海藻类、深海鱼鱼油中则有较高的含量，如二十碳五烯酸（EPA），二十二碳六烯酸（DHA）等，这些都可由亚麻酸衍生，是神经细胞膜的重要组成物质。

（4）组织结构材质

蛋白质、核苷酸、必需脂肪酸（DHA、EPA、ARA等）等是脑组织结构的基质，又称为脑结构性蛋白、脑结构性脂质等。例如脑细胞所含脂质中，60%为结构性脂质，其中半数以上是ARA与DHA。

从大脑和神经组织成分中不饱和脂肪酸的含量就可以看出这些必需脂肪酸对大脑发挥正常功能至关重要。

（5）氧及氧的运转

人体在醒觉时大脑代谢性耗氧几乎占全身耗氧量的1/5 ~ 1/4。如前所述，葡萄糖是通过有氧代谢为机体提供能量的。因此为使能量及时转换代谢，必须为机体提供充足的氧，也就是说应该有足够量的运载工具将环境空气中的氧运送给机体每一个细胞。这输氧工具就是红细胞内的血红蛋白。而参与红细胞血红蛋白组成及完成其功能的除珠蛋白外，还有铁、维生素B$_{12}$、维生素A、维生素B$_2$、维生素D、叶酸、铜等营养素。

不难看出，发挥和维护脑的正常功能需要诸多的营养素，而这只有通过平衡膳食才能满足。

与大脑保健有关的食物

近年来医学营养学、生理学的研究结果提示，营养是改善脑细胞微环境、增强大脑功能的重要基础。关于脑科学的研究表明，在诸多因素中，人的饮食营养对智力及其发展有重要影响。特别是胎儿在妊娠晚期到出生后的两三年内是关键时期。合理地摄入足够量的各种营养素，对孩子的智力发育有启动和持续发展的作用。与脑细胞结构、功能及形成中枢神经网状结构－网络系统关系密切的营养素，包括必需氨基酸、必需脂肪酸（与体脂有别的结构脂肪酸）、微量元素、维生素等，统统都存在于日常食物中；然而在这些成分中并没有哪一种单项成分就能使人脑在功能上变得深邃、聪慧起来。因此，为儿童建立平衡膳食食谱不仅重要，而且也是促进大脑心理－智能全面发展的基础和根本措施。

中医药学认为以下食物有利于脑的保健。

突出蛋白质的健脑食物有：牛肉、羊肉、猪肉、兔肉、鸡肉、鹌鹑肉、豆及豆制品、鱼肉等。

突出脂质的健脑食物有：牛肉、羊肉、猪肉、兔肉、鸭肉、鹌鹑肉、鱼肉、核桃、芝麻、金针菜、花生、松子、葵花子、南瓜子、西瓜子、杏仁等。

突出碳水化合物的健脑食物有：小米、玉米、枣、桂圆等。

突出B族维生素的健脑食物有：鳝鱼、核桃、芝麻、金针菜等。

突出维生素C的健脑食物有：猕猴桃、草莓、橙、菠萝、龙须菜等。

突出维生素E的健脑食物有：豆及豆制品、花生、芝麻、鸡蛋等。

突出矿物质的健脑食物有：海带、萝卜叶、金针菜、干果类等。

以上健脑食物已是数十种，适宜摄入量有高有低，要将它们组织进一日三餐烹调各异的食谱中，的确不是简单的厨艺操作所能做到的，那么，有没有好一点儿的办法呢？答案是肯定的，平衡膳食就可以帮你的孩子获得所需的营养支持。

第五章

婴幼儿营养失衡

科学喂养是儿童健康的基础，而营养失衡是当前危害儿童健康的重要原因。婴幼儿期喂养模式的转换及代谢模式转型的失调是营养不良和肥胖症的病理生理基础，并关系儿童直至成年后的健康。

合理营养是儿童健康的基础

儿童健康的涵义

　　作为健康的个体，儿童健康是指儿童身、心的全面发展和对社会的责任感。儿童身心的发展是从出生到18岁成年动态变化的过程。在这段历程中，形体的生长发育、心理的发展和逐步形成对社会的责任感等，是互相联系、相辅相成的，而且只有当儿童发展成为一个完好的个体时才能完美实现这个目标。这样，就必然要求家长、社会和所有涉及为儿童成长服务的相关人员能够和尽可能地认识到，儿童发展有其自身的规律，这就是内因，是人类长期进化所获得的内在能动性。它表现在，不同年龄儿童发展的固有的时段性，不同时段有它具体的重点内涵；而为这些内涵充分发挥作用所需的环境条件，是顺利实现这种发展的外因，也正是我们要为儿童做的工作及应提供的环境条件。

　　从儿童发展来看，在婴幼儿阶段，重点是为儿童提供生存条件和提供保护措施。具体要做的包括：儿童保健和营养，而教育、包括出

第五章　婴幼儿营养失衡

123

生后即开始的早期教育则是在这个基础上逐步启动和深化的；反映在这段时期日常工作上应受到注意的关注点，则是儿童的体格发育和营养状况。儿童发展的随后时段，尤其是儿童教育既有各自的特点及养教要求，又需要国家政策及社会相应配套措施的支持，而且会随儿童年龄的增长而有较大的个体差异性，这些都是在不同年龄段应该受到关注的工作；而合理营养则是儿童健康的基础。

我国儿童营养健康状况

2005年在哈尔滨、北京、西安、武汉、南京、上海、福州、广州及昆明等九市及其郊区农村所做的《2005年中国九市七岁以下儿童体格发育调查》，对138775名7岁以下儿童所做体格发育调查的结果表明，自1975年以来，以城区男童5.0～5.5岁组为例，1975～1985、1985～1995、1995～2005间，每十年身高的增长值分别为：1.5厘米、1.7厘米和2.1厘米；体重的增长值分别为：0.51千克、0.95千克和1.54千克，表明我国儿童的生长发育水平在近三十年改革开放、生活水平大幅提高基础上，保持着持续快速增长的趋势。以上结果表明，与2000年日本厚生省发布的0～6岁儿童的数据相比，上述九市儿童的身高、体重，不论城区与郊区、男童或女童，均已明显超过同龄的日本儿童。

当前尽管我国7岁以下儿童生长发育处在较好的水平，但全国各地发展的趋势是不平衡的。城乡儿童中干扰健康的许多因素仍然普遍存在，主要表现在：营养失衡及缺乏适龄、适时、适量的体育锻炼和运动。营养失衡包括营养过剩，如肥胖、某些营养素过量乃至中毒；也包括营养缺乏，如体重低下、消瘦和某些营养素缺乏，如婴幼儿维生素D缺乏性佝偻病和缺铁性贫血等。而运动量不足和缺少体育锻炼则是机体活力及功能低下、免疫力不足并影响健康的重要原因。

从营养失衡与健康因果关系看，显示出儿童营养与保健等日常工作对儿童健康成长的重要性。例如，以2000年在全国15个省，26个市县对9118名7个月～7岁儿童的随机抽样调查结果为例，对儿童铁缺乏症作一说明，调查结果表明，缺铁性贫血患病率平均为7.8%，而以7～12个月婴儿为最严重，达20.5%，铁耗减（ID）平均为32.5%，7～12个月婴儿为44.7%，即7～12个月婴儿有近一半存在铁缺乏。全国7个月～7岁儿童总铁缺乏率平均为40.3%。儿童铁缺乏致使其生长发育延迟、对环境反应迟滞、智商降低、出现学习障碍、易患疾病和病程迁延。更为重要的是对全身的危害，如铁缺乏时在机体免疫功能、脱氧核糖核酸（DNA）修复、细胞复制以及器官生长发育等过程中降低氧的有效利用和多种生物活性酶的功能，从而影响细胞和器官的成熟和功能的发挥，有的造成终生永久性损害。

不仅如此，由于营养失衡，儿童营养状况不佳常常在营养不良基础上伴有多种营养素同时缺乏，呈现儿童机体处于亚健康状态。如缺铁性贫血患儿常常在体重低下、发育迟缓或消瘦状况下伴有佝偻病。

125

广东研究报告贫血伴有佝偻病检出率高达42%，在经过铁剂治疗8周后，不仅各项铁检验指标增高、贫血得到纠正，而且儿童血钙、磷增高，碱性磷酸酶下降，临床佝偻病表现及骨骼 χ 线征象得到改善。也有研究报告，以铁剂治疗缺铁性贫血儿童后，原来与骨代谢有关的、减低的 $25-(OH)D_3$ 可恢复到正常的水平，从而有利于防治儿童佝偻病；这种治疗前后的改变非常显著。以上资料表明，补铁治疗在改善铁营养状态的同时，也改善了维生素D的营养状态，并对儿童整体健康的增强有着重要意义。

儿童营养失衡最常见的后果是营养不良及肥胖

儿童营养不良

（1）儿童营养不良的基本原因

从膳食结构、进食习惯、饮食文化来看，目前干扰我国儿童营养健康的主要因素有以下几方面。

① 母乳喂养在各地推广不平衡，远未达到预期目标。从1998～2003年第三次国家卫生服务调查结果来看，生后4个月纯母乳喂养率在大城市为59.8%，在三类农村地区可达83.8%，城乡差异显著、平均为73.6%。在另一组对8个地区总数为4042名婴儿出生后的母乳喂养率队列研究，4个月龄母乳喂养率仅为50.1%，距离《中国儿童发展纲要（2001～2010年）》以省为单位达到母乳喂养率85%的目标相去甚远，尽管各方面做了努力，但成效不大。

由于母乳喂养率过低，由此带来的婴儿期较多患病及营养失调成为影响婴儿健康成长的突出原因。

② 婴儿辅食添加失当，尤其农村近一半婴儿在6个月时尚未添加任何辅食，而四类农村则有一半在不到4个月龄时就添加辅食。而4～12个月龄期间所添加的辅食，无论是品种乃至数量大部分都未能达到该月龄所应达到的水平，成为营养失衡及体格发育迟滞的重要原因。

③ 膳食结构不合理。在同一地区少部分儿童中，营养失衡的表现既有营养过剩，也有营养不良，即儿童营养状态呈现两极分化。就食物的热能、蛋白质、脂肪等的摄入量来看，城区儿童超过世界卫生组织（WHO）推荐量的上限较为常见，而农村儿童则明显不足。

在营养失衡儿童中，肥胖儿童呈逐年增高趋势，城区儿童肥胖检出率明显高于农村儿童，差异显著。但这种情况也在发生变化，据2009～2010学年，北京市中小学生关于单纯肥胖症的体检结果，肥胖检出率小学生为20.7%，中学生19.8%，中小学生平均为20.3%；男生为24.4%，女生15.8%。而2010年学生肥胖检出率城区为20.0%，郊区为20.8%，首次出现郊区中小学生肥胖率超过城区，尽管无统计学上的差异性，但在全国也是首例现象。

④ 副食比例失调，存在所谓一多三少现象。就城市儿童来说，即：肉食多，其中猪肉又多于牛肉、羊肉，而禽肉类及水产鱼虾类较少。三少是：食物中奶和奶制品少，蔬菜少，豆类、薯类及粗粮少。农村儿童尚有包括蛋奶类在内的动物蛋白质少。

⑤ 微量营养素多项不足甚至缺乏，如维生素A、B族维生素及

维生素D等的缺乏。在矿物质方面如铁、锌、钙等的不足或缺乏都很常见。

　　以上营养失衡可能表现出某项症状、体征，也可能呈现出疾病现象；但更多的儿童则是处于亚健康状态，待到发病时，已经对儿童健康造成不可避免的损害了。

（2）婴幼儿营养不良的表现

　　早期表现是连续数月体重及身高（身长）不增甚或下降，在儿童保健生长监测图上体重曲线走向平坦或下倾。初期症状多为儿童表情淡漠、活动减少、不如过去活泼。当进一步发展时，会有精神抑郁、萎靡、对环境事物不感兴趣。患病早期外观的极度饥饿感引人注目，长期得不到食物满足后发展为，仅进食已习惯的单调食物而拒绝新食物，体重减轻趋向明显，皮肤干燥、失去弹性，皮下脂肪减少或消失，毛发稀少、干枯、失去光泽，两只眼睛大而无神，各系统脏器功能下降，免疫功能降低常伴发呼吸道、消化道或泌尿系感染，或原有疾病迁延不愈甚或加重。营养不良迁延时日者身高明显落后，智能发育迟滞。

　　在长期以淀粉类为主要食物来源（如米糊、面糊、肥儿糕、糕干粉、劣质奶粉……）的婴幼儿中，食物中总能量虽然可以满足需要或略低于所需，但蛋白质长期低于所需量，可发生营养不良性水肿。表现为体重微减或在正常范围的低限内，面色苍白，皮下脂肪充盈度好而充实度差，肌肉松弛无力。由于蛋白质不足、胶体渗透压下降而有双下肢对称性水肿及其他部位水肿。安徽阜阳地区用劣质奶粉喂养的婴儿，突出地呈现出"大头娃娃"外形就是这种类型的营养不良。

长期总能量和蛋白质都不足时，则发生干瘦型重度营养不良（多见于非洲）体重下降达40％以上，身高严重落后，外观呈老人状，可有多个系统的功能障碍。

（3）防治要点：重视换乳期添加辅食和换用乳品的合理性及有序协调

① 重视能量及营养素总需求与形体发育的宏观联系。

换乳期是婴幼儿生长发育的重要过渡性生理阶段，与科学喂养关系密切。表面上看是个营养问题，但实质上却是涉及各方面知识有效综合运用的技艺实践过程，对儿童尔后形体成长及心理发展影响巨大深远。因此，既要注意儿童对具体食物营养素的需求，也要保证满足机体成长过程中综合性的连续需求。其中满足儿童关于能量、蛋白质、水分及营养素的需求是重点。其效果如何，就要以儿童形体成长指标来进行监测。以下是0～36个月婴幼儿的应用性参考指标，供实用参考，见表5-1。

表5-1 婴幼儿能量、蛋白质、水的需求和形体增长参考指标

项目 \ 月龄	0～3	4～6	7～9	10～12	13～24	25～36
身长增长合理增值/厘米	12.9	6.5	4.3	4.3	12.9	7.7
体重增长合理增值/千克	3.84	1.58	0.89	0.86	2.7	2.1
头围增长合理增值/厘米	6.7	3.0	1.5	1.1	1.9	1.1

项目 \ 月龄	0～3	4～6	7～9	10～12	13～24	25～36
能量需求/ （千卡/千克）	110～94	83～81	79	80	82.5	83.5
蛋白质需求/ （克/千克）①	1.7	1.6	1.5	1.5	3.4	2.8
水分需求/ （毫升/千克）	150	130	120	120	120	120

①表中为母乳喂养儿的蛋白质需量，人工喂养婴儿应为每千克体重3～4克。配方奶喂养可按其说明书配置。斜黑体为幼儿膳食蛋白需量。

注：以2005年中国九市城市男童体格发育测值作为计算基数。

② 深入认识换乳期的重要性及有效指导婴幼儿时期喂养模式的顺利过渡及更替。

胎儿脱离母体出生直至幼儿期经历从流食到成型固体食物喂养等阶段，这种自然发展阶段有其内在的能动因素和客观规律，如唾液腺及胃肠道腺体的发育，出牙，肝、胆、胰腺功能的成熟，肠道良性微生态的建立和机体内环境的稳定等。家长或监护人应着意遵循这个规律创建相关条件结合儿童的具体情况进行合理科学喂养，这样就可取得儿童身心全面发展事半功倍的实效。这其中有两个重要的关键时期，即：4～6个月开始添加辅食时期及12～18个月用牛奶替换母乳时期。在这两个关键期的时段内不是截然可分的，而是在一段时间内有着较长的过渡性重叠时段，正是在这个时段中完成喂养模式的过渡及中枢神经、各系统和脏器在功能方面的协调及进一步成熟完善。为便于理解，如图5-1示意如下。

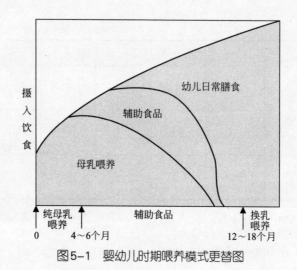

图5-1　婴幼儿时期喂养模式更替图

③ 换乳期间应辅食添加与换乳并举，重在合理添加辅食。

在婴儿4～6个月龄期间即应开始逐步添加辅食并随月龄增长增加辅食品种及丰富材质。由于婴儿总能量需求增长，即使母乳量充足也可以在半岁后试着逐步添加牛乳（或其他乳品）以填补即将出现的母乳部分不足的能量缺额，直至1岁后视婴儿营养健康状况用牛乳（或其他乳品）完全替换母乳。这段添加辅食及牛乳的时期称为换乳期。换乳期包含以下多方面的综合含义。

·断离母乳，即将母乳逐渐断离而以牛乳（或其他乳品）替代，尽管牛乳在主要营养素的质和量方面可以满足幼婴需求，但就母乳功能来说，牛乳或其他乳品是不可能完全替代的。因此换乳阶段保健护理工作和对疾病的预防等不应掉以轻心。

在准备断离人乳前，应逐步为婴儿添加牛乳或其他乳制品，从小量开始逐步增加到替换一次母乳的量，随后逐渐以牛乳或其他乳制品替换几次白天授乳、随后停止夜间母乳喂养直至完全替代人乳，即断离母乳。同时，应该继续添加辅助食品、增加辅食的品种及用量以便转换到以主副食为主的幼儿膳食模式。此时用于替代人乳的牛乳或乳制品只是总膳食食谱中的非主要部分，而不是婴儿原先以乳类食品为主的喂养方式。当已养成进食幼儿膳食习惯和顺应添加的牛乳喂养后，视婴儿营养及健康状况，通常在1岁左右或稍晚可以顺利断离母乳。

在小儿膳食失当或患病情况下，要注意满足其生长发育所需的能量及营养素，不宜立即断离母乳。可在妇幼保健人员指导下调整牛乳喂养的次数和喂养量，而母乳喂养可继续、乃至延展喂养至生后第二年，这样较有利于小儿生长发育。

·换乳与添加辅食并重，以后者为主要关注点。在此期间食物已由婴儿时的完全流食逐步转换成半流食及混合型幼儿日常膳食。其中牛乳（或其他乳品）只是儿童膳食中的一小部分；在逐渐减少母乳喂养次数的几个月换乳期间内，乳母在每次换用牛乳喂养时要注意转换婴儿情绪，用语言抚慰、眼神交流、使婴儿精力充分集中于进食牛乳，并借此母婴间心理互动促进婴儿心理发展。喂养完后要与婴儿一同玩耍片刻。在换用牛乳的同时注意培养进食辅食的习惯，随着辅食的品种和数量逐渐添加，注意观察食物消化及大便情况。这个阶段儿童所需能量及蛋白质主要依靠日常膳食提供。

在添加辅食过程中，6月龄左右的婴儿，从固体食物中获取的能量不宜超过所需总能量的50%，每天哺喂的乳类不应低于500毫升。

·辅食添加是关系婴幼儿健康成长的头等大事。

由于幼儿胃容量小，为满足其生长发育所需营养素的膳食量大，从而发生供需间的矛盾。由此使得换乳期这段时间成为中国儿童生长的波动滞长时期，以致身长、体重都落后于世界卫生组织参考标准，生长曲线呈现马鞍型。重要原因是这个时段幼儿辅食的品种、质与量和进食习惯都未能达到预期目标，同时也因营养健康状况不佳易患疾病从而影响了正常生长发育；在大中城市中还有过度喂养的问题，导致儿童超重或肥胖。因而营养不良和肥胖成为中国儿童营养失衡的两个偏离健康的重要终端。

反映在婴幼儿体格发育上，不同因素在不同月龄段上可有不同的表现形式。按照联合国儿童基金会（UNICEF）关于5岁以下儿童营养不良的分类标准：当体重低于该年龄儿童平均值（或中位数）1个标准差以下时，判定为体重低下；当身高（长）低于该年龄儿童平均值（或中位数）1个标准差以下时，判定为发育迟缓。现将有关要点分述如下。

a. 我国儿童体重低下多发生于3～12月龄段，而以12月龄为其高峰；这是因为当6月龄后还未开始添加辅食，必然会出现摄入能量不足的问题，其结果是体重首先受到影响。

b. 发育迟缓起始早于体重低下，甚至于出生时身长就已低于参考值，由于较慢的发展进程常常在18月龄前后才达到高峰，而且一直持续到40月龄。

　　c. 在12月龄后，可能出现发育迟缓与体重低下同时存在。但由于此时体重增长较身高（长）增长相对为快，使体重/身高比值迅速改善，而发育迟缓则可能继续发展1～2年，从而出现"发育迟缓型肥胖"，而使在评价干预效果时出现误判及防治措施失当。

　　d. 审慎分析原因及监测结果可收到事半功倍的防治效果。从机制上看，发育迟缓不仅仅与辅食摄入量有关，重要的是辅食的质量。辅食中蛋白质、微量营养素如铁、钙、锌、维生素A、核黄素等的长时间的不足是决定因素。而体重低下的主要因素则是能量不足，也就是膳食中量的不足是主要因素。常常在增加摄入量，尤其是增加能量营养素摄入后的短期内体重可有明显的改善，但与此同时并无身高（长）相应的变化，从而出现身高比体重（W/H）的上升而被误判为"超重"以致造成防治工作上的失误。

　　·关注婴幼儿的亚健康状态。不难看出，婴幼儿的营养不良与肥胖较易被家长及保健人员及早发现，而处于亚健康状态下的小儿则不被重视并经常被疏漏。其中微量营养素缺乏或处于近于缺乏状态是婴幼儿较为常见的、也是儿童营养失衡的常见形式。儿童亚健康状态在不论富裕地区和贫困地区都有不同程度的存在。长期微量营养素缺乏不仅影响儿童的营养与健康状态，而且也损伤儿童的学习认知能力。

　　而在幼儿平衡膳食基础上采用有针对性的营养素配伍补充，可取得经济、简便实用及明显近期效果。

据研究，在日常膳食基础上以复合（多种）微量营养素混合补充剂（营养包）作伴餐补充，既可维持儿童血清维生素A及25-(OH)D$_3$于正常水平、改善儿童的维生素B$_2$和维生素C的营养状况，又可在半年左右取得改善儿童的学习认知能力，提高学习成绩的明显效果。

我国不少地区均有以复合微量营养素作儿童膳食补充剂（即儿童膳食营养包）应用的研究报告，并取得肯定的增进营养、促进健康的效果。如果与食物强化、尤其是主食强化，联合营养包的应用，效果会更好。

· 普及健康教育、创建幼儿平衡膳食是防治营养失衡的根本措施。综上所述，如果能通过普及社区健康教育，以平衡膳食满足儿童对能量及各种营养素的需求，推广适龄、适时、适用的体育锻炼，将会取得防治营养失衡的事半功倍的效果。而开展社区母子健康教育、辅以关于儿童主副食制作的现场示范及定期或不定期举办的儿童育教评讲活动，是既受群众欢迎又可取得长期成效的重要中心环节。

 儿童单纯性肥胖症

(1) 我国儿童肥胖症概况

由于过度摄入食物能量及营养素引发机体能量代谢失衡，以致脂肪几乎在机体所有组织中过度增生，表现为体重超常而发生的慢性肥胖性疾患称为单纯性（或原发性）肥胖症。据2002年中国居民营养与健康调查，按世界卫生组织标准，我国成人超重率为22.8%、肥胖率为7.1%，推算其受罹人口分别为2亿和6200多万。与1992年流调数值相比较，成人超重率上升39%，肥胖率上升97%。而与肥胖有关的血脂异常检出率为18.6%，相应人口为1.6亿。

近年来我国儿童肥胖率有较快的增长，例如1986 ～ 1996十年间学龄前儿童肥胖检出率由0.9%上升至2.0%，增长1.2倍。1985 ～ 2000年间学龄儿童男、女性肥胖检出率分别由0.63%及0.60%上升至6.66%及3.52%，十五年间分别增长了9.6倍及4.9倍。城市儿童肥胖率明显高于农村儿童。但据2009 ～ 2010学年，北京市中小学生关于单纯肥胖症的体检结果，肥胖检出率男生为24.4%，女生15.8%。城区为20.0%，郊区为20.8%，首次出现郊区中小学生肥胖率超过城区。

据2002年调查资料，按WHO标准，我国不同年龄人群超重与肥胖检出率可参见表5-2，国人超重达14.7%成为肥胖症庞大的后备军。

表5-2　不同年龄人群超重与肥胖检出率

年龄组	调查人数	超重/%	肥胖/%	超重+肥胖/%
0 ～ 7	24 947	3.4	2.0	5.4
7 ～ 18	44 880	4.1	1.5	5.6
18 ～ 50	140 022	18.9	2.9	21.8
合计	209 849	14.7	2.6	17.3

注：合计率为经调整年龄及六类地区构成后的数值。

肥胖对儿童健康的危害不仅是营养失衡与滞碍生长发育，而具有社会意义的则是出现胰岛素抵抗、糖调节紊乱并发展为2型糖尿病；

由于脂质代谢障碍引发高血压、心血管疾病、心脏功能受损，乃至脂肪肝；以及睡眠呼吸障碍、社交障碍和抑郁症等多方面器质性及心理性危害。肥胖对围青春期儿童、尤其是女孩影响明显，表现为自我认知较同龄同性别儿童为低，如对自己体型外表、与同伴交往技巧乃至运动能力等方面都较突出，并最终伴发严重的心理障碍，成为社会性公共卫生忧患。

儿童肥胖的发生是个体遗传基因和环境之间多因素相互作用的结果，其中喂养方式、膳食结构、进食习惯及儿童自身中枢神经－内分泌系统的调节在发展成肥胖症上有重要意义。食欲旺盛、食量大、不定时进食、随意吃零食、喜吃富含油脂和高淀粉类食物以及对肥瘦肉都有偏爱是发生肥胖症的重要原因。在发生儿童肥胖的危险因素中，遗传因素愈益受到重视。流调表明，双亲都肥胖者其子女有70%的概率成长为肥胖，单亲肥胖者其子女有40%概率出现肥胖。而环境因素，如家庭食物结构特点、摄食习惯、户外活动量、成员性格、饮食文化背景，特别是双亲对食物的偏好及趋向，都是在遗传基础上有重要的相关协同发病的因素。

在论述儿童肥胖原因时，前述原因几乎无争议地逐渐为社会公众所认同，然而在中国却另有一项重要原因一直被忽视，那就是母乳喂养的传统好习惯好方式受到人工喂养的严重冲击，母乳喂养率始终徘徊在较低水平、仅约50%。母乳喂养，在中国，自20世纪70年代以来走了一段弯路至今未曾回到应有的科学的切合实际的水平，而

WHO所提供的《世界卫生组织0～18岁儿童身高、体重参考值》还为此扮演着误导学术舆论的角色，以人工过度喂养儿童作为体格发育的参照系数无形中诱导出无数的肥胖儿童。经过近四十余年实践的检验，WHO终于认识到这项误导的严重后果，并在进行认真研究后于2005年颁布了母乳喂养儿生长发育新的参照系数，它纠正了过去将在条件良好但喂养方式不确定的婴儿体重及身长作为参考值的错误，这种由于以牛乳粉过度喂养致使婴儿超重甚至肥胖的现象，实质上被认为是当今社会上儿童肥胖症流行的重要源头。

我国婴儿母乳喂养率远较欧美工业化国家及伊斯兰文化国家为低，自20世纪90年代组建爱婴医院普及母乳喂养健康教育以来，我国母乳喂养率从未达到国务院《九十年代中国儿童发展规划纲要》及《中国儿童发展纲要（2001—2010）》所指出的目标水平。近年来，母乳喂养率每况愈下，引起社会担忧。而干扰母乳喂养的社会因素是多方面的，近年来孕妇剖宫产率的逐年增长，令人瞩目。产妇在选择剖宫产分娩时，并未多想一点新生儿出生后如何喂养，而被有关人乳化奶粉诸多优点的宣传充满自己的头脑、误导着自己的行为。同时，剖宫产对母亲用自己的奶喂养自己的孩子所造成的干扰却既是生理的，又是心理层面的。

新生儿出生，家长摒弃母乳喂养而以代乳食品如配方奶粉等进行喂养是目前最醒目的人为的社会偏执现象。新生儿不得不接受这种乳类食品，而将自己原有的胎儿期即已协调成熟的代谢模式转换为新的高能量高蛋白代谢模式。这种出生后至全婴儿期以配方奶粉为载体的过度喂养是随后发展成肥胖儿童的重要前导，而且就在幼婴阶段成功地完成了代谢转型，在这个不长阶段的不确定喂养方式下、婴儿的体重较母乳喂养儿多增重640克，这一事实可以说明婴儿已经超重、出现向肥胖发展的趋势，并将延续下去。在婴儿体重显著增加的同时，体内脂肪细胞数及其含脂量也大大加多。因此，婴儿期肥胖与围青春期及成年发生肥胖症有着密切的一脉相承关系，并为其后肥胖奠定了生理和心理基础，是在成人期发生心血管疾病、高血压、肾脏病、糖尿病、骨关节炎、骨质疏松及骨外伤或骨折的重要根源。

在我国，随着经济发展及食物品种、数量的极大丰富，儿童肥胖症逐年增加，而且较多见于年长儿童及青少年。在形体指标如身高、体重方面，肥胖儿童都可能较同龄儿童为佳，智能正常或略高于常儿，骨龄可稍早于同龄儿。皮脂充实度一般、充盈度良好，以乳房、腹部、臀部及肩部皮下脂肪丰满、外观圆润为特征。肥胖儿童血糖、甘油三酯、低密度脂蛋白胆固醇、尿酸及血清铁蛋白均高于正常同龄儿童，且随肥胖度增加而升高；而高密度脂蛋白胆固醇则低于正常同龄儿童，并随肥胖度增加而降低；以上均提示肥胖儿童存在脂质代谢紊乱。

尽管引起肥胖的根本原因是膳食能量过剩，但并不等同于营养素过剩。由于膳食结构不合理、虽然"吃得不错"，但因膳食偏颇失衡，同时还在很大程度上由于膳食中缺少参与使脂肪转化为能量的营养素，如维生素B_2、维生素B_6及烟酸等，因而存在脂质代谢中间环节功能障碍。只有当体内能量代谢趋于正常时，体脂才会随之减少。代谢失衡的表现是不少肥胖儿童患有脂肪肝、缺铁性贫血、维生素C缺乏及维生素B_2缺乏等疾患的病理生理基础。

肥胖对儿童智力的影响主要表现在感觉运动统合障碍，如视觉-运动间的协调性及运动配合能力差。看起来儿童的运动显得笨拙，反应能力不如同年龄体重正常的儿童。研究提示这种不协调性与肥胖程度正相关。

当儿童皮下及体内其他部位脂肪积聚过多、体重超过按身高计算标准体重的20％时，判定为肥胖症。关于肥胖程度的分度，我国采用世界卫生组织（WHO）标准，计算式如下：

$$肥胖度 = \frac{现有体重 - 按身高计算的参考体重}{按身高计算的参考体重} \times 100\%$$

结果判断：超重：10％＜肥胖度＜20％；

肥胖分度：轻度：肥胖度＞20％～30％，中度：肥胖度为30％～50％，重度：肥胖度＞50％。

综上所述，机体关于能量、碳水化合物及脂质代谢失衡等综合性营养代谢失衡是儿童肥胖症的病理生理基础，因此也称为儿童代谢综合征，它意指发生在同一个个体的一系列与肥胖相关的代谢紊乱，而肥胖则被看做是具有突出意义的一项表型，它的显现具有对社会和个人的警示作用。

（2）儿童肥胖症的防治

儿童肥胖症是社会性肥胖流行的起始原点，它伴随儿童成长向成人肥胖症延续和扩展并随着年龄增长形成更为庞大的居民肥胖群体，最终发展成为危及社会生产力、延缓经济发展及消耗综合国力的社会性公共卫生问题。鉴于儿童肥胖症是一个多因素的社会医学问题，在防治方面必须采取全社会投入的办法：包括政府、医学、公共卫生学及儿童保健体系、社区、学校、家庭等，在国家政策和主管部门得力措施支持下，实施综合性防治才能取得较好效果，其中首要和艰难的环节是在儿童期进行健康教育，主要措施是对家庭及肥胖儿童普及保健知识、适宜心理辅导、调整膳食、改变进食行为及合理体育锻炼。

① 以社区为基础的健康教育及其普及和对社区家庭的集中辅导和对肥胖儿童的个别指导，特别是对肥胖儿童心理辅导及行为矫正是减肥治疗成功的关键。通过与肥胖儿童谈心，分析存在的危险因素，交流成功减肥儿童经验，确定矫正自己问题的方向及阶段目标，鼓励不时的些微进步，促使儿童通过调整膳食、改变进食行为及合理锻炼成长为健壮儿童并对此树立信心。

② 控制肥胖及减肥有两大关键要点，即：控制儿童摄入食物中的总能量及增强日常活动和锻炼。

肥胖儿童的行为习惯是后天环境与人体互动的生理及心理结合的外表征象。就进食来说，每天多吃含45千卡能量的食物，即约为增加40克米饭或25克水饺，或多用5克烹调油对学龄儿童的食欲及进食来说，自然不在话下，很容易就吃下去了；可是这样累积下来，一年可增加1千克体重。实质上，肥胖就是这样每天多吃一点吃出来的。因而在适龄、合理范围内控制摄食量是首要的工作、也是成败的关键。表5-1的合理能量摄入量可供参考，转化为具体食物的用量可在保健人员的指导下制订出相应食谱。

在膳食调理方面，家长首先要正确看待儿童的体格生长，消除"孩子还是胖点好"的非科学自豪感。坚持家庭日常平衡膳食，鼓励儿童参加社会活动和适合于儿童的多项运动、组织定期郊游或假日远足。消除肥胖儿童自卑、孤僻、回避参加儿童集体活动的心理。

以家庭为目标改变不合理食物结构，家长以身作则改变自身饮食习惯以及对食物的偏好，在家庭中实施平衡膳食，安排适合于儿童的食谱，这是树立肥胖儿童信心的重要支柱。

③ 为预防儿童肥胖，母亲注意的要点如下。

a. 在孕期就要充分注意建立孕妇自身的合理膳食食谱，防止孕期尤其是孕晚期体重过度增长，以避免产出巨大新生儿，从而取得自胎儿期即开始预防儿童肥胖的效果。

b. 孕妇在产前要在妇产医护人员指导下做好自然分娩的各方面的准备，尤其是心理及临产、产程中相应保健工作的准备，树立自然分娩而不选择剖宫产的坚定信心。

据报道我国剖宫产率正在逐年增高、世界卫生组织资料，2007年10月至2008年5月，中国剖宫产率高达46.2%，即超过有医学指征的剖宫产率3倍多，而2011年5月甚至报道上海剖宫产率高达67.3%。由于非医学指征的剖宫产导致催产素分泌的减少，后者却是促进已具有泌乳功能的乳腺分泌和排出乳汁的重要因素。缺乏足够的催产素，就难以支撑产后早期时段的母乳喂养。正是未采用母乳喂养、经配方奶粉不合理人工喂养的婴儿在成长过程中，发生肥胖的检出率远比母乳喂养儿要高出许多，详细资料可参看北京相关研究及表1-4、表1-5。

c. 胎儿出生后产妇要下定决心坚持母乳喂养，避免过度人工喂养带来的婴儿期超重甚至肥胖是成功防止儿童肥胖的最早和最有成效的措施。瘦素抵抗是肥胖状态下最显著的病理生理变化，通过对肥胖儿童血浆瘦素水平与早期喂养方式关系的研究，观察到婴儿期母乳喂养（不低于半年）可以降低儿童期血浆瘦素水平，从而有助于预防儿童期肥胖的发生。据我国十年研究，出生后坚持半年以上母乳喂养的婴儿，在儿童长到5岁时发生肥胖的检出率远低于人工喂养儿童，参见表1-4及表1-5。

d. 母亲、儿童及家庭的协调互动。对较大儿童的肥胖，应在调查肥胖儿童家庭膳食结构的基础上，改变家庭中日常膳食不合理配膳部分并建立新的平衡膳食食谱，改变家庭不良饮食习惯及进食行为以消除促进肥胖的环境因素。家长的认识、态度及行为是成功与否的关键因素。

④ 在有关儿童平衡膳食安排中应遵循以下要求。

a. 查检出儿童当前实际体重所需能量，以及该儿童按身高所检得的相应的参考体重所需的能量，两者的能量差额为调控肥胖的初期目标。首先减去差额能量的1/3 ～ 1/2（视儿童承受能力而定）。每7 ～ 10天递减一次，直到减至该儿童现有身高参考标准体重所需总能量的上限量。

b. 蛋白质供给量则按该儿童现有身高标准参考体重的上限量供给，以满足其心理需求及生长发育需要，其中优质蛋白质，包括乳、鱼、禽、畜肉、血及豆类，不应低于50%。从吃肉这个角度来看，同样是100克（即2市两）的猪肉、牛肉、羊肉、鸡肉、鸭肉、兔肉、鱼和虾等，猪肉的脂肪比火鸡腿高10倍、比鲫鱼、基围虾、鸭肉高4倍，比兔肉高2.6倍。而猪肉的蛋白质含量略高于禽肉和鱼虾，参看下表5-3。因此，日常膳食以多选水产品为好，或畜肉和鱼肉的摄食量差不多，避免猪肉吃多了，增高脂肪摄入量，带来不必要的营养失衡。

表5-3　肉禽鱼虾蛋白质及脂肪含量表（可食部 100克）

营养素	猪肉里脊	牛肉里脊	羊后腿	兔肉	鸡胸肉	火鸡腿	鸭胸肉	鲫鱼	带鱼段	基围虾
水/%	74.7	72.0	75.1	76.2	71.7	72.5	78.6	78.6	78.8	75.2
能量/千卡	150	134	111	102	118	100	90	89	108	101
蛋白质/克	19.6	22.3	20.6	19.7	24.6	16.7	15.0	18.0	17.6	18.2
脂肪/克	7.9	5.0	3.2	2.2	1.9	0.7	1.5	1.6	4.2	1.4

c. 脂肪按调控后总能量的30%供给。调控后的总能量减除蛋白质及脂肪所提供的能量后即为碳水化合物所提供的能量，再将此能量转化为碳水化合物食物的相应重量，分配在当日各次餐点中。在所用油脂总量中，植物油应达80%或以上。

d. 提供并满足该年龄儿童各种微量营养素（维生素、矿物质等）的推荐摄入量及当前超出合理体重所需的微量营养素量。如有处于亚健康状态下的微量营养素缺乏，应予强化补充，或进行治疗。

e. 为满足食欲和有饱足感可食用热量少体积大的食物，如蘑芋、芹菜、韭菜、萝卜、笋等；并严格控制零食，但为照顾儿童情绪，每日零食应控制在25～40克范围，最好分两次，首选坚果种子类食品。

f. 研究资料提示，牛乳中的乳清蛋白质、脂肪及乳钙，在补充人体钙摄入量不足时，不致加重肥胖。因此儿童食谱中应坚持每日有适合于该儿童需要的鲜牛乳或乳制品。

最常用的乳类食品是鲜牛乳。方便、经济、便于操作，尤其是它在各种液态奶加工工艺中营养素的损失最小，这些都是它的优点；因而应该是首先选用的乳类品种。但为了丰富食物品种和不断更新口味以增进儿童食欲，常常需要更换一些乳品种类以满足调剂膳食的需要。为方便家庭应用，现将乳类食品互换食用时的相应用量列表如下，参见表5-4，供应用参考。其中乳类饮料为加奶粉、糖、果汁、香料等的混合溶液，所含奶量视添加奶粉的量而定，不应作为全奶乳品看待，表中所列为其概数，应用时要详细阅读其说明。此外，这些可替换的乳类品种除配方奶粉外，不应该代替鲜牛乳作为长期食用乳类的品种。

表5-4　与每100克鲜牛奶互换食用的乳类食物量　　　单位：克

食物名称	酸奶	蒸发淡奶	罐装甜炼乳	速溶全脂奶粉	速溶脱脂奶粉	奶酪	奶片	乳类饮料
质量	125	50	40	15～17	15～17	12	25	300±

注：100克鲜牛乳 = 97毫升，100毫升鲜牛乳 = 103克，酸奶蛋白质含量为2.3%。

g. 制订适合于该儿童的食谱，鼓励按时进餐，严格控制零食及休闲小食品。对各种饮料限定用量、每日总量控制在250～350毫升之间；但不限制饮水量。

h. 定期在妇幼保健部门监测与肥胖有关的各类项目指标，并接受医师指导。

⑤ 体育锻炼、循序渐进。对婴儿实施适宜的全身抚触，以增进体质，并逐渐向主动自主运动过渡，发展感觉统合及运动统合综合功能。对稍大肥胖儿童，鼓励由轻微体力活动逐步加强锻炼，直到有节奏的、连续的中等强度的体力活动及运动。这样才能使肌肉充分运用氧气、有效代谢糖元及脂肪等能量物质以增强肌肉力量、肌张力及耐力，这就叫有氧运动。如快步行走、滚铁环、跳皮筋、体操、跳舞、跳绳、踢毽子、爬楼梯、骑自行车、溜旱冰、游泳乃至在有限场地内的捉迷藏式跑步及各种日常体育运动项目等，这些都可看做中等强度的有氧运动。在中等强度运动时，大约40%～50%的能量来自脂肪，而余下的50%～60%来自碳水化合物。在运动过程中，氧的消耗量随

运动强度而异，如跑步时所消耗的氧量约为步行时的3.3倍。这样可较好地消耗体内脂肪取得减肥、促进健康的效果。

这种有氧运动，可以改善人体心、肺功能，对提高耐力有良好作用。通过运动，机体在有负荷的条件下进行代谢，提高了可贮备的潜能从而强化了机体内环境，对提高反应能力、增强免疫力和应激能力、提高骨矿含量、骨矿密度及加厚骨质、强壮体质都有很好的作用。因此，在坚持实施平衡膳食的基础上，鼓励儿童进行锻炼和运动不仅提高了平衡膳食的实效取得促进生长发育的效果，更重要的是有效地组织了脑中枢神经和全身各系统器官之间的协作和功能联系，打破了原来的代谢模式、重新建立心理、膳食、代谢、运动综合模式，既强壮身体、促进骨健康、提高体质，又从本质上增进了儿童整体性健康。

日常膳食食物成分表

引自《中国食物成分表》2002年，2004年，以每100克可食部计

谷、薯类及制品

食物名称	热能/千卡	蛋白质/克	脂肪/克	碳水化合物/克	维生素A/μgRE	胡萝卜素/μg	硫胺素/mg	核黄素/mg	维生素C/mg	钙/mg	铁/mg	锌/mg	硒/μg
小麦粉（标准粉）	354	15.7	2.5	70.9	0	0	0.46	0.05	0	31	0.6	0.2	7.42
小麦粉（富强粉，特一粉）	361	12.3	1.5	74.9	0	0	0.11	0.03	0	27	0.7	0.39	6.79
挂面（富强粉）	361	13	1.5	74.7	0	0	0.13	0.04	0	21	1	0.08	3.46
面条（富强粉切面）	272	8.9	0.4	60.7	0	0	0.07	0.02	0	24	0.4	0.12	2.34
馒头（富强粉）	226	7.1	1.3	50.9	0	0	0.12	0.02	0	58	0.4	0.21	2.66
粳米（小站稻米）	342	6.9	0.7	79.2	0	0	0.04	0.02	0	3	0.3	1.94	10.1
籼米	328	7.5	1.1	78	0	0	0.07	0.02	0	12	0.1	0.15	2.76
黑米	333	9.4	2.5	72.2	—	—	0.33	0.13	—	12	1.6	3.8	3.2
糯米	348	7.3	1	78.3	—	—	0.11	0.04	—	26	1.4	1.54	2.71
玉米面（白）	340	8	4.5	73.1	—	—	0.34	0.06	—	12	1.3	1.22	1.58
玉米面（黄）	339	8.5	1.5	78.4	7	40	0.07	0.04	—	22	0.4	0.08	2.68
玉米糁（黄）	297	7.4	1.2	78.7	—	—	0.03	0.03	0	49	0.2	0.05	1.09

日常膳食食物成分表

续表

食物名称	热能/千卡	蛋白质/克	脂肪/克	碳水化合物/克	维生素A/μgRE	胡萝卜素/μg	硫胺素/mg	核黄素/mg	维生素C/mg	钙/mg	铁/mg	锌/mg	硒/μg
小米（黄）	355	8.9	3	77.7	—	—	0.32	0.06	0	8	1.6	2.81	2.72
黄米	342	9.7	1.5	76.9	—	—	0.09	0.13	—	—	—	2.07	—
莜麦面	380	13.7	8.6	67.7	—	—	0.26	0.1	0	40	3.8	2.18	2.9
薏米	357	12.8	3.3	71.1	—	—	0.22	0.15	—	42	3.6	1.68	3.07
马铃薯	79	2.6	0.2	17.8	1	6	0.1	0.02	14	7	0.4	0.3	0.47
甘薯（红心）	57	0.7	0.2	15.3	125	750	0.05	0.01	4	18	0.2	0.16	0.22
藕粉	372	0.2	—	93	—	—	—	0.01	—	8	17.9	0.15	2.1
粉丝	335	0.8	0.2	83.7	—	—	0.03	0.02	—	31	6.4	0.27	3.39
干豆类及制品													
黄豆	389	33.1	15.9	37.3	7	40	0.11	0.22	0	123	35.8	4.61	2.03
青豆	373	34.5	16	35.4	132	790	0.41	0.18	—	200	8.4	3.18	5.62
黄豆粉	418	32.7	18.3	37.6	63	380	0.31	0.22	—	207	8.1	3.89	2.47
豆腐（北）	111	9.2	8.1	3	—	—	0.05	0.02	痕量	105	1.5	0.74	2.46
豆腐（南）	84	5.7	5.8	3.9	—	—	0.06	0.02	痕量	113	1.2	0.43	1.23
豆腐（内酯）	49	5	1.9	3.3	—	—	0.06	0.03	—	17	0.8	0.55	0.81
豆浆	30	3	1.6	1.2	—	—	0.02	0.02	痕量	5	0.4	0.28	痕量

食物名称	热能/千卡	蛋白质/克	脂肪/克	碳水化合物/克	维生素A/μgRE	胡萝卜素/μg	硫胺素/mg	核黄素/mg	维生素C/mg	钙/mg	铁/mg	锌/mg	硒/μg
豆奶（豆乳）	30	2.4	1.5	1.8	—	—	0.02	0.06	—	23	0.6	0.24	0.73
豆腐丝	201	21.5	10.5	6.2	5	30	0.04	0.12	—	204	9.1	2.04	1.39
豆腐皮	431	51.6	23	12.5	47	280	0.22	0.12	痕量	239	11.7	4.08	2.26
油豆腐	244	17	17.6	4.9	5	30	0.05	0.04	—	147	5.2	2.03	0.63
腐竹	459	44.6	21.7	22.3	—	—	0.02	0.17	痕量	50	3.8	4.71	1.51
千张（百页）	260	24.5	16	5.5	5	30	0.04	0.05	—	313	6.4	2.52	1.75
豆腐干	414	19.6	35.2	11.4	—	—	0.02	0.08	痕量	352	4.8	1.77	3.2
烤麸	121	20.4	0.3	9.3	—	—	0.04	0.05	—	30	2.7	1.19	—
绿豆	316	21.6	0.8	62	22	130	0.25	0.11	—	81	6.5	2.18	4.28
赤小豆	309	20.2	0.6	63.4	13	80	0.16	0.11	—	74	7.4	2.2	3.8
芸豆（红）	314	21.4	1.3	62.5	30	180	0.18	0.09	—	176	5.4	2.07	4.61
蚕豆（去皮）	342	25.4	1.6	58.9	50	300	0.2	0.2	—	54	2.5	3.32	4.83
鲜扁豆	23	2.3	0.2	7.4	11	65	0.05	0.06	2	57	0.5	0.26	痕量
鲜豌豆	18	2.2	0.3	7.3	88	526	0.06	0.05	13	62	0.8	0.38	0.66
干豌豆	313	20.3	1.1	65.8	42	250	0.49	0.14	—	97	4.9	2.35	1.69

日常膳食物成分表

151

续表

蔬菜类及制品

食物名称	热能/千卡	蛋白质/克	脂肪/克	碳水化合物/克	维生素A/μgRE	胡萝卜素/μg	硫胺素/mg	核黄素/mg	维生素C/mg	钙/mg	铁/mg	锌/mg	硒/μg
白萝卜	13	0.7	0.1	4	痕量	痕量	0.02	0.01	19	47	0.2	0.14	0.12
红皮萝卜	15	0.8	0.1	4.2	痕量	痕量	0.01	0.02	5.6	39	0.3	0.23	0.27
小水萝卜	19	1.1	0.2	4.2	3	20	0.02	0.04	22	32	0.4	0.21	0.65
胡萝卜	25	1	0.2	8.1	685	4107	0.04	0.02	9	27	0.3	0.22	0.6
苤蓝	30	1.3	0.2	7	3	20	0.04	0.02	41	25	0.3	0.17	0.16
鲜扁豆	37	2.7	0.2	8.2	25	150	0.04	0.07	13	38	1.9	0.72	0.94
荷兰豆	27	2.5	0.3	4.9	80	480	0.09	0.04	16	51	0.9	0.5	0.42
毛豆	123	13.1	5	10.5	22	130	0.15	0.07	27	135	3.5	1.73	2.48
四季豆	28	2	0.4	5.7	35	210	0.04	0.07	6	42	1.5	0.23	0.43
鲜豌豆	105	7.4	0.3	21.2	37	220	0.43	0.09	14	21	1.7	1.29	1.74
鲜豇豆(长)	29	2.7	0.2	5.8	20	120	0.07	0.07	18	42	1	0.94	1.4
黄豆芽	32	4.4	1.6	3.6	2	9	0.05	0.07	4	30	0.6	0.37	0.34
绿豆芽	13	1.7	0.1	2.6	2	11	0.02	0.02	4	14	0.3	0.2	0.27
豌豆苗	26	4.8	0.8	2.6	56	333	0.11	0.16	8	15	0.5	0.42	0.56
茄子(紫皮、长)	13	1.1	0.1	4.8	—	—	0.03	0.03	—	50	0.5	0.2	0.09

食物名称	热能/千卡	蛋白质/克	脂肪/克	碳水化合物/克	维生素A/μgRE	胡萝卜素/μg	硫胺素/mg	核黄素/mg	维生素C/mg	钙/mg	铁/mg	锌/mg	硒/μg
番茄	11	0.9	0.2	3.3	63	375	0.02	0.01	14	4	0.2	0.12	痕量
甜椒	16	1	0.2	3.8	13	76	0.02	0.02	130	14	0.8	0.19	0.38
茄子	27	0.7	0.1	6.8	163	980	0.01	0.06	29	49	—	0.56	4.4
冬瓜	8	0.3	0.2	2.4	痕量	痕量	痕量	痕量	16	12	0.1	0.1	0.02
黄瓜	15	0.8	0.2	2.9	15	90	0.02	0.03	9	24	0.5	0.18	0.38
苦瓜	19	1	0.1	4.9	17	100	0.03	0.03	56	14	0.7	0.36	0.36
南瓜（栗面）	31	1.4	0.1	8.8	253	1518	0.03	0.04	5	16	0.4	0.22	0.49
丝瓜	16	1.3	0.2	4	26	155	0.02	0.04	4	37	0.3	0.22	0.2
西葫芦	18	0.8	0.2	3.8	5	30	0.01	0.03	6	15	0.3	0.12	0.28
大蒜	126	4.5	0.2	27.6	5	30	0.04	0.06	7	39	1.2	0.88	3.09
大葱	23	1.6	0.3	5.8	11	64	0.06	0.03	17	29	0.7	0.4	0.67
洋葱	39	1.1	0.2	9	3	20	0.03	0.03	8	24	0.6	0.23	0.92
韭菜	18	2.4	0.4	4.5	266	1596	0.04	0.05	2	44	0.7	0.25	1.33
大白菜（青口）	9	1.1	0.1	2.6	5	31	0.02	0.01	8	29	0.3	0.15	0.04
红菜薹	41	2.9	2.5	2.7	13	80	0.05	0.04	57	26	2.5	0.9	8.43
油菜	10	1.3	0.5	2	181	1083	0.02	0.05	—	148	0.9	0.31	0.73

日常膳食食物成分表

续表

食物名称	热能/千卡	蛋白质/克	脂肪/克	碳水化合物/克	维生素A/μgRE	胡萝卜素/μg	硫胺素/mg	核黄素/mg	维生素C/mg	钙/mg	铁/mg	锌/mg	硒/μg
油菜薹	20	3.2	0.4	3	90	540	0.08	0.07	65	156	2.8	0.72	0.82
甘蓝(圆白菜)	12	0.9	0.2	4	2	12	0.02	0.02	16	28	0.2	0.12	0.27
花椰菜	15	1.7	0.2	4.2	2	11	0.04	0.04	32	31	0.4	0.17	2.86
西兰花	19	3.5	0.6	3.7	25	151	0.06	0.08	56	50	0.9	0.46	0.43
芥菜	9	1.5	—	2.8	81	487	0.02	0.11	72	28	1	0.41	0.53
菠菜	24	2.6	0.3	4.5	487	2920	0.04	0.11	32	66	2.9	0.85	0.97
芹菜	11	0.4	0.2	3.1	3	18	0.01	0.02	2	15	0.2	0.14	0.07
生菜	10	1.6	0.4	1.1	4	26	0.02	0.01	痕量	14	0.2	0.12	0.04
油麦菜	8	1.1	0.4	2.1	125	751	0.03	0.07	2	60	0.5	0.24	0.16
苋菜	31	2.8	0.4	5.9	248	1490	0.03	0.1	30	178	2.9	0.7	0.09
茴香	24	2.5	0.4	4.2	402	2410	0.06	0.09	26	154	1.2	0.73	0.77
莴笋	14	1	0.1	2.8	25	150	0.02	0.02	4	23	0.9	0.33	0.54
空心菜	20	2.2	0.3	3.6	253	1520	0.03	0.08	25	99	2.3	0.39	1.2
金针菜	199	19.4	1.4	34.9	307	1840	0.05	0.21	10	301	8.1	3.99	4.22
藕	42	1.2	0.2	11.5	痕量	痕量	0.04	0.01	19	18	0.3	0.24	0.17
茭白	23	1.2	0.2	5.9	5	30	0.02	0.03	5	4	0.4	0.33	0.45

食物名称	热能/千卡	蛋白质/克	脂肪/克	碳水化合物/克	维生素A/µgRE	胡萝卜素/µg	硫胺素/mg	核黄素/mg	维生素C/mg	钙/mg	铁/mg	锌/mg	硒/µg
山药	56	1.9	0.2	12.4	3	20	0.05	0.02	5	16	0.3	0.27	0.55
姜	41	1.3	0.6	10.3	28	170	0.02	0.03	4	27	1.4	0.34	0.56
马齿苋	27	2.3	0.5	3.9	372	2230	0.03	0.11	23	85	1.5	—	—
菌藻类													
草菇	14	1.1	0.4	3.1	—	—	0.02	0.03	—	5	1.1	0.33	0.9
蘑菇	20	2.7	0.1	4.1	2	10	0.08	0.35	2	6	1.2	0.92	0.55
黑木耳（干）	205	12.1	1.5	65.6	17	100	0.17	0.44	—	247	97.4	3.18	3.72
香菇	19	2.2	0.3	5.2	—	—	—	0.08	1	2	0.3	0.66	2.58
海带菜	89	1.4	7.5	15.3	67	402	0.04	0.03	—	201	2.3	4.93	0.5
紫菜（干）	207	26.7	1.1	44.1	228	1370	0.27	1.02	2	264	54.9	2.47	7.22
水果类及制品													
苹果	52	0.2	0.2	13.5	3	20	0.06	0.02	4	4	0.6	0.19	0.12
梨	44	0.4	0.2	13.3	6	33	0.03	0.06	6	9	0.5	0.46	1.14
红果	95	0.5	0.6	25.1	17	100	0.02	0.02	53	52	0.9	0.28	1.22
海棠果	73	0.3	0.2	19.2	118	710	0.05	0.03	20	15	0.4	0.04	—
沙果	66	0.4	0.1	17.8	痕量	痕量	0.03	—	3	5	1	0.2	0.48

食物名称	热能/千卡	蛋白质/克	脂肪/克	碳水化合物/克	维生素A/μgRE	胡萝卜素/μg	硫胺素/mg	核黄素/mg	维生素C/mg	钙/mg	铁/mg	锌/mg	硒/μg
桃	48	0.9	0.1	12.2	3	20	0.01	0.03	7	6	0.8	0.34	0.24
李子（鲜）	36	0.7	0.2	8.7	25	150	0.03	0.02	5	8	0.6	0.14	0.23
枣（鲜）	122	1.1	0.3	30.5	40	240	0.06	0.09	243	22	1.2	1.52	0.8
樱桃	46	1.1	0.2	10.2	35	210	0.02	0.02	10	11	0.4	0.23	0.21
葡萄	43	0.5	0.2	10.3	8	50	0.04	0.02	25	5	0.4	0.18	0.2
柿	71	0.4	0.1	18.5	20	120	0.02	0.02	30	9	0.2	0.08	0.24
中华猕猴桃	56	0.8	0.6	14.5	22	130	0.05	0.02	62	27	1.2	0.57	0.28
草莓	30	1	0.2	7.1	5	30	0.02	0.03	47	18	1.8	0.14	0.7
橙	47	0.8	0.2	11.1	27	160	0.05	0.04	33	20	0.4	0.14	0.31
柑橘	51	0.7	0.2	11.9	148	890	0.08	0.04	28	35	0.2	0.08	0.3
柚	41	0.8	0.2	9.5	2	10	—	0.03	23	4	0.3	0.4	0.7
菠萝	41	0.5	0.1	10.8	3	20	0.04	0.02	18	12	0.6	0.14	0.24
荔枝	70	0.9	0.2	16.6	2	10	0.1	0.04	41	2	0.4	0.17	0.14
芒果	50	0.5	0.1	12.9	347	2080	0.03	0.01	14	7	0.5	0.14	0.25
木瓜	27	0.4	0.1	7	145	870	0.01	0.02	31	22	0.6	0.12	0.37
香蕉	82	1.1	0.2	20.8	6	36	0.02	0.02	5.7	9	0.2	0.07	0.06

续表

食物名称	热能/千卡	蛋白质/克	脂肪/克	碳水化合物/克	维生素A/µgRE	胡萝卜素/µg	硫胺素/mg	核黄素/mg	维生素C/mg	钙/mg	铁/mg	锌/mg	硒/µg
杨梅	28	0.8	0.2	6.7	7	40	0.01	0.05	9	14	1	0.14	0.31
椰子	231	4	12.1	31.3	—	—	0.01	0.01	6	2	1.8	0.92	—
白兰瓜	21	0.6	0.1	5.3	7	40	0.02	0.03	14	24	0.9	—	—
哈密瓜	34	0.5	0.1	7.9	153	920	—	0.01	12	4	—	0.13	1.1
西瓜	25	0.6	0.1	5.8	75	450	0.02	0.03	6	8	0.3	0.1	0.17
坚果种子类													
白果（干）	355	13.2	1.3	72.6	—	—	—	0.1	—	54	0.2	0.69	14.5
核桃（干）	627	14.9	58.8	19.1	5	30	0.15	0.14	1	56	2.7	2.17	4.62
栗子（北京）	182	4.4	1.6	39.6	7	40	0.14	0.17	23.2	16	0.4	5.6	1.2
杏仁（熟、带壳）	626	25.1	58.4	11	—	—	0.06	0.66	—	240	2.7	2.21	3.33
腰果（熟）	594	24	50.9	20.4	86	518	0.24	0.13	—	19	7.4	5.3	10.93
榛子（熟）	617	12.5	57.3	25.6	—	—	0.17	0.11	—	95	3.8	2.25	2.02
花生仁（炒）	581	23.9	44.4	25.7	—	—	—	—	—	—	—	—	—
花生（烤）	459	16.6	22.3	55.9	—	—	0.12	0.1	—	284	6.9	2.82	7.1
葵花子（熟）	567	28.5	49	15.1	9	52	0.94	0.12	—	112	6.4	7.45	56.68
南瓜子（熟）	597	26.6	52.8	12.9	14	81	0.2	0.1	—	26	9.1	7.77	2.42

常见膳食食物成分表

157

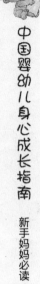

食物名称	热能/千卡	蛋白质/克	脂肪/克	碳水化合物/克	维生素A/µgRE	胡萝卜素/µg	硫胺素/mg	核黄素/mg	维生素C/mg	钙/mg	铁/mg	锌/mg	硒/µg
西瓜子（熟）	532	29	46	9.5	痕量	痕量	0.06	0.06	—	44	7.7	5.02	22.64
黑芝麻	531	19.1	46.1	24	—	—	0.66	0.25	—	780	22.7	6.13	4.7
芡实米（鸡头米）	351	8.3	0.3	79.6	—	—	0.3	0.09	—	37	0.5	1.24	6.03
畜肉类及制品													
猪肉（后臀尖）	175	20	10.5	0	痕量	—	0.45	0.1	痕量	1	0.9	2.29	6.36
午餐肉	320	9	30.1	3.3	痕量	—	0.09	0.09	0	6	0.6	1.38	7.8
猪肝	126	19.2	4.7	1.8	6502	(0)	0.22	2.02	痕量	6	23.2	3.68	26.12
猪心	119	16.6	5.3	1.1	13	—	0.19	0.48	4	12	4.3	1.9	14.94
猪血	55	12.2	0.3	0.9	—	—	0.03	0.04	—	4	8.7	0.28	7.94
香肠	508	24.1	40.7	11.2	—	—	0.48	0.11	—	14	5.8	7.61	8.77
方火腿	117	16.2	5	1.9	—	—	0.5	0.2	—	1	3	2.63	7.2
金华火腿	318	16.4	28	0.1	—	—	0.51	0.18	—	9	2.1	2.26	13
火腿肠	215	12.1	14.6	8.8	56	—	0.04	0.11	0	19	1.8	0.7	4.84
牛肉（里脊肉）	134	22.3	5	0	痕量	(0)	0.04	0.1	痕量	3	0.4	4.73	3.57
牛心	106	15.4	3.5	3.1	17	—	0.26	0.39	5	4	5.9	2.41	14.8
酱牛肉	246	31.4	11.9	3.2	11	—	0.05	0.22	—	20	4	7.12	4.35

食物名称	热能/千卡	蛋白质/克	脂肪/克	碳水化合物/克	维生素A/μgRE	胡萝卜素/μg	硫胺素/mg	核黄素/mg	维生素C/mg	钙/mg	铁/mg	锌/mg	硒/μg
羊肉(肥瘦)	203	19	14.1	0	22	—	0.05	0.14	—	6	2.3	3.22	32.2
羊心	113	13.8	5.5	2	16	—	0.28	0.4	—	10	4	2.09	16.7
山羊肉(酱)	272	25.4	13.7	11.8	—	—	0.07	0.06	—	43	4.1	3.79	3.2
兔肉	102	19.7	2.2	0.9	26	—	0.11	0.1	—	12	2	1.3	10.93
禽肉类及制品													
鸡胸脯肉	118	24.6	1.9	0.6	3	(0)	0.07	0.06	痕量	1	1	0.26	11.75
鸡肝	121	16.6	4.8	2.8	10414	—	0.33	1.1	—	7	12	2.4	38.55
鸡心	172	15.9	11.8	0.6	910	—	0.46	0.26	—	54	4.7	1.94	4.1
鸭胸脯肉	90	15	1.5	4	—	—	0.01	0.07	—	6	4.1	1.17	12.62
鸭肝	128	14.5	7.5	0.5	1040	—	0.26	1.05	18	18	23.1	3.08	57.27
鸭血(白鸭)	108	13.6	0.4	12.4	—	—	0.06	0.06	—	5	30.5	0.5	—
鹅	251	17.9	19.9	0	42	—	0.07	0.23	—	4	3.8	1.36	17.68
鹅肝	129	15.2	3.4	9.3	6100	—	0.27	0.25	—	2	7.8	3.56	—
鹅肫	100	19.6	1.9	1.1	51	—	0.05	0.06	—	2	4.7	4.04	—
火鸡腿	100	16.7	0.7	6.6	痕量	0	0.02	0.14	0	17	1.2	2.5	13.12
鸽	201	16.5	14.2	1.7	53	—	0.06	0.2	—	30	3.8	0.82	11.08

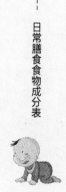

日常膳食物成分表

续表

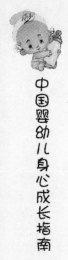

食物名称	热能/千卡	蛋白质/克	脂肪/克	碳水化合物/克	维生素A/µgRE	胡萝卜素/µg	硫胺素/mg	核黄素/mg	维生素C/mg	钙/mg	铁/mg	锌/mg	硒/µg
鹌鹑	110	20.2	3.1	0.2	40	—	0.04	0.32	—	48	2.3	1.19	11.67
蛋类及制品													
鸡蛋(红皮)	143	12.2	10.5	0	—	—	0.05	0.11	0	44	1	0.38	13.83
鸭蛋	180	12.6	13	3.1	261	—	0.17	0.35	—	62	2.9	1.67	15.68
松花蛋	171	14.2	10.7	4.5	215	—	0.06	0.18	—	63	3.3	1.48	25.24
咸鸭蛋(煮)	177	13.8	13.5	0	—	—	0.15	0.28	0	52	2.1	1.5	32.76
鹅蛋(煮)	182	12.7	13.6	1	174	18	0.06	0.32	0	41	2.5	1.43	27.24
鹌鹑蛋	160	12.8	11.1	2.1	337	—	0.11	0.49	—	47	3.2	1.61	25.48
鱼虾蟹贝类													
草鱼	96	17.7	2.6	0.5	痕量	0	痕量	0.04	痕量	17	1.3	0.38	11.67
黄鳝	89	18	1.4	1.2	50	—	0.06	0.98	—	42	2.5	1.97	34.56
鲤鱼	109	17.6	4.1	0.5	25	—	0.03	0.09	—	50	1	2.08	15.38
罗非鱼	98	18.4	1.5	2.8	—	—	0.11	0.17	—	12	0.9	0.87	22.6
泥鳅	96	17.9	2	1.7	14	—	0.1	0.33	—	299	2.9	2.76	35.3
青鱼	118	20.1	4.2	0	42	—	0.03	0.07	—	31	0.9	0.96	37.69
鲅鱼	104	17.8	3.6	0	20	—	0.03	0.07	—	53	1.4	1.17	15.68

食物名称	热能/千卡	蛋白质/克	脂肪/克	碳水化合物/克	维生素A/μgRE	胡萝卜素/μg	硫胺素/mg	核黄素/mg	维生素C/mg	钙/mg	铁/mg	锌/mg	硒/μg
鲫鱼	108	17.1	2.7	3.8	17	—	0.04	0.09	—	79	1.3	1.94	14.31
胖头鱼	100	15.3	2.2	4.7	34	—	0.04	0.11	—	82	0.8	0.76	19.47
带鱼	127	17.7	4.9	3.1	29	—	0.02	0.06	—	28	1.2	0.7	36.57
大黄花鱼	97	17.7	2.5	0.8	10	—	0.03	0.1	—	53	0.7	0.58	42.57
鲆（比目鱼）	112	20.8	3.2	0	—	—	0.11	—	—	55	1	0.53	36.97
鲑鱼	139	17.2	7.8	0	45	—	0.07	0.18	—	13	0.3	1.11	29.47
对虾	93	18.6	0.8	2.8	15	—	0.01	0.07	—	62	1.5	2.38	33.72
海虾	79	16.8	0.6	1.5	—	—	0.01	0.05	—	146	3	1.44	56.41
河虾	87	16.4	2.4	0	48	—	0.04	0.03	—	325	4	2.24	29.65
基围虾	101	18.2	1.4	3.9	—	—	0.02	0.07	—	83	2	1.18	39.7
虾皮	153	30.7	2.2	2.5	19	—	0.02	0.14	—	991	6.7	1.93	74.43
虾米	198	43.7	2.6	0	21	—	0.01	0.12	—	555	11	3.82	75.4
海蟹（小）	81	14.2	1.1	3.6	痕量	0	0.03	0.1	痕量	208	1.1	3.15	25.6
河蟹	103	17.5	2.6	2.3	389	—	0.06	0.28	—	126	2.9	3.68	56.72
赤贝	61	13.9	0.6	0	—	—	—	0.1	—	35	4.8	11.58	59.97
河蚌	54	10.9	0.8	0.7	243	—	0.01	0.18	—	248	26.6	6.23	20.24

日常膳食食物成分表

续表

食物名称	热能/千卡	蛋白质/克	脂肪/克	碳水化合物/克	维生素A/μgRE	胡萝卜素/μg	硫胺素/mg	核黄素/mg	维生素C/mg	钙/mg	铁/mg	锌/mg	硒/μg
牡蛎	73	5.3	2.1	8.2	27	—	0.01	0.13	—	131	7.1	9.39	86.64
鲜贝	77	15.7	0.5	2.5	—	—	—	0.21	—	28	0.7	2.08	57.35
海蜇皮	33	3.7	0.3	3.8	—	—	0.03	0.05	—	150	4.8	0.55	15.54
墨鱼	83	15.2	0.9	3.4	—	—	0.02	0.04	—	15	1	1.34	37.52
牛乳类及制品													
人乳	65	1.3	3.4	7.4	11	—	0.01	0.05	—	30	0.1	0.28	—
牛乳 光明	61	3.1	3.2	5	28	0	0.02	0.1	痕量	85	0.1	0.25	1.7
牛乳 三元	69	3.4	3.9	5.1	30	—	0.02	0.1	痕量	88	0.3	0.42	1.7
牛乳 蒙牛	67	3.1	3.7	5.3	14	—	0.02	0.11	痕量	98	0.2	0.51	1.1
牛乳 伊利	68	3.2	3.7	5.4	16	—	0.02	0.13	痕量	110	0.1	0.45	1.51
酸奶 调味	88	3	3.2	11.9	—	—	0.03	0.14	痕量	160	1.6	0.63	1.42
炼乳 甜 燕山罐头	374	8.2	10	62.8	—	—	0.08	0.32	痕量	317	0.2	1.15	7.89
奶酪 光明牌	348	16.5	28.4	6.5	—	—	0.07	0.45	痕量	445	0.2	2.35	5.08
硬质干酪	411	24.9	34.5	0.1	330	215	0.03	0.41	—	731	0.3	4.1	6
奶片	472	13.3	20.2	59.3	75	—	0.05	0.2	5	269	1.6	3	12.1

食物名称	热能/千卡	蛋白质/克	脂肪/克	碳水化合物/克	维生素A/μgRE	胡萝卜素/μg	硫胺素/mg	核黄素/mg	维生素C/mg	钙/mg	铁/mg	锌/mg	硒/μg
奶油	785	1.1	86	1.7	840	—	0.02	0.02	痕量	2	0.1	—	1
婴幼儿奶粉、豆粉													
婴儿奶粉	443	19.8	15.1	57	28	—	0.12	1.25	—	998	5.2	3.5	23.71
全脂速溶奶粉	466	19.9	18.9	54	272	—	0.08	0.8	7	659	2.9	2.16	7.98
全脂牛奶粉 伊利	504	22	26	45.5	525	—	0.04	0.17	—	750	3.9	3.97	11.78
婴儿配方奶粉 完达山牌	508	13.3	27.5	51.7	600	—	0.5	0.8	40	420	8.5	5	6
婴儿配方奶粉 爱儿乐	520	11	28	56	591	—	0.79	1.18	71	362	6.3	4.7	—
婴儿配方奶粉 爱力大	488	12.5	22	59	561	—	0.38	0.69	57	400	8.8	5	8
婴儿配方奶粉 力多精	507	12.5	25.8	56.2	540	—	0.46	0.76	51	430	7.6	4.1	4.4
婴儿配方奶粉 圣元牌	522	12.5	28	55	475	—	0.4	0.8	70	400	7.6	3.5	15
婴儿配方豆粉 惠氏	513	14	27	53.5	577	162	0.77	1.15	69	515	9.2	4.6	9.45

续表

食物名称	热能/千卡	蛋白质/克	脂肪/克	碳水化合物/克	维生素A/μgRE	胡萝卜素/μg	硫胺素/mg	核黄素/mg	维生素C/mg	钙/mg	铁/mg	锌/mg	硒/μg
羊乳类及制品													
鲜羊乳	59	1.5	3.5	5.4	84	—	0.04	0.12	—	82	0.5	0.29	1.75
全脂羊乳粉	498	18.8	25.2	49	—	—	0.06	1.6	—	—	—	—	—
羊乳酪	250	15.6	20.2	1.5	226	33	0.04	0.21	—	360	0.2	0.9	—
婴幼儿辅助食品													
健儿粉	369	7.1	1.1	82.7	13	20	0.08	0.67	—	137	1.6	0.85	2.46
乳儿糕	365	11.7	2.7	74.1	—	—	0.27	0.07	1	143	3.4	1.5	3.2
婴儿营养米粉"5410"	426	17	12.8	60.8	540	—	0.6	0.9	20	668	5.9	1.8	—
胡萝卜苹果泥 亨氏	39	0.5	0.1	10.1	301	1807	0.01	0.02	94	6	0.2	0.17	痕量
鸡肝蔬菜泥 亨氏	76	4	2.2	10.7	1192	—	0.04	0.21	—	22	1.2	0.71	6.12
香甜胡萝卜泥 亨氏	27	1	0.2	7.6	1014	6085	0.02	0.03	64	10	0.3	0.18	痕量
米粉 雀巢	376	6.1	2.5	83.9	300	—	0.7	0.4	35	600	8	5.5	—
米粉 蔬菜 亨氏	394	10	3	81.8	379	—	0.5	0.5	—	550	10	4	—
米粉 胡萝卜 雀巢	374	6.4	4.1	77.8	300	—	0.7	0.4	35	585	8	5.5	—

食物名称	热能/千卡	蛋白质/克	脂肪/克	碳水化合物/克	维生素A/μgRE	胡萝卜素/μg	硫胺素/mg	核黄素/mg	维生素C/mg	钙/mg	铁/mg	锌/mg	硒/μg
米粉 鱼肉 蔬菜 亨氏	383	14.5	1.5	77.9	379	—	0.5	0.5	—	680	10	4	—
燕麦片	353	14.4	9.7	65.3	—	—	0.55	0.11	—	38	2.6	1.1	3.88
其他食品													
夹心饼干	449	6.2	15.9	75.3	—	—	0.03	0.12	—	45	1.3	0.38	2.37
巧克力	586	4.3	40.1	53.4	—	—	0.06	0.08	—	111	1.7	1.02	1.2
巧克力派	425	4.3	17.7	65.7	痕量	—	0.03	0.07	—	48	19	0.52	4.12
AD钙果冻	70	0.1	0.4	16.6	—	—	痕量	痕量	—	6	0.9	0.01	0.23
方便面	472	9.5	21.1	61.6	—	—	0.12	0.06	—	25	4.1	1.06	10.49
花茶	281	27.1	1.2	58.1	885	5310	0.06	0.17	26	454	17.8	3.98	8.53
绿茶	296	34.2	2.3	50.3	967	5800	0.02	0.35	19	325	14.4	4.34	3.18
蜂蜜	321	0.4	1.9	75.6	痕量	—	痕量	0.05	3	4	1	0.37	0.15
花生酱	616	22.2	53.1	20.9	17	100	0.05	0.09	—	54	1.6	2.89	8.33
芝麻酱	687	18	66.8	9.4	17	100	0.26	0.24	—	612	9.4	3.32	—
红腐乳	151	12	8.1	8.2	15	90	0.02	0.21	—	87	11.5	1.67	6.73

注："—"表示表中无相应测值。

表 日常膳食食物成分